Stefanie Schreiber

Aus dem Ferienhaus geplaudert

Für Gyuszi,
unersetzlicher Begleiter meines Lebens

Stefanie Schreiber

Aus dem Ferienhaus geplaudert

Geschichten und Anekdoten aus dem Alltag der Vermietung

servitus Verlag
edition Unterhaltung

Bibliografische Information der Deutschen Nationalbibliothek

Die Deutsche Nationalbibliothek verzeichnet diese Publikation in der Deutschen Nationalbibliografie; detaillierte bibliografische Daten sind im Internet über www.dnb.de abrufbar.

Covergestaltung und Buchdesign: anonymus Design
Umschlagfoto: Paul Fröls
Lektorat: Sofie Cramer
Korrektorat: Kerstin Duchardt
Printed in Germany

ISBN 978-3-9816455-2-1

www.servitus-verlag.de

Inhalt

Vorwort

Seit 1999 vermiete ich unsere Ferienhäuser und es gibt dazu viele Geschichten zu erzählen. Im Mittelpunkt stehen die Gäste, meine Hausbetreuungen, Berater, Handwerker, Dienstleister und letztlich auch ich selbst.

Ich habe in all den Jahren unglaublich viel Unterstützung erfahren – von meiner Familie, Freunden, Bekannten und vorübergehenden Begleitern meines Weges. Diesen Menschen möchte ich an dieser Stelle von ganzem Herzen danken – ohne Euch wäre es so nicht möglich gewesen. Vielen Dank!

Ich habe zahlreiche wunderschöne und erfüllende Momente erlebt. Dass es auch Enttäuschungen und ärgerliche Erlebnisse gab, gehört zum Leben und auch zu der Vermietung von Ferienhäusern. Auch diese sind es wert, festgehalten zu werden.

Nach dem Erscheinen meines Wirtschaftsratgebers möchte ich Sie nun an den Anekdoten und Emotionen teilhaben lassen. Viele dieser Begebenheiten sind so passiert, aber ich habe mir auch kleine künstlerische Freiheiten erlaubt. Zudem wissen wir ja: Unsere Geschichten werden mit jedem Mal, die wir sie erzählen, ein klein bisschen besser.

Gute Unterhaltung wünscht Ihnen
Stefanie Schreiber
Oktober 2014

Wie alles begann

Dass ich irgendwann einmal ein Haus mein Eigen nennen wollte, wusste ich schon früh. Bedingt durch meine Erziehung bin ich davon ausgegangen, dass es ein Reihenhaus am Rande der Stadt sein würde, das ich mit einem Mann, zwei Kindern und - statistisch gesehen - einem halben Hund bewohnen würde.
Das Leben spielte anders.
Mit Anfang 30 war ich gerade wieder Single geworden und von Ehe und Familiengründung weiter entfernt denn je. Da ich mich früh selbständig gemacht hatte, fing ich an, mir über meine Altersvorsorge Gedanken zu machen und schloss erst einmal eine Lebensversicherung ab – das war Mitte der Neunziger Jahre noch eine Anlageform, die immerhin eine durchschnittliche Rendite versprach. Derzeit ist sie ja kaum attraktiver als der Sparstrumpf. Doch habe ich die Erfahrung

gemacht, dass sie gern als Sicherheit gesehen wird, wenn es mal wieder ein Kredit sein darf, was bei der Finanzierung mehrerer Häuser dann und wann vorkommt.

Mit 33 war ich wild entschlossen meine Immobilienpläne umzusetzen. Den Mann fürs Leben hatte ich noch nicht getroffen, also entschied ich mich, die Finanzierung für eine Zwei-Zimmer-Wohnung auf die Beine zu stellen - das schien mir ein guter Anfang zu sein. Ein Haus konnte auch später noch gekauft werden, zusätzlich oder nach Wiederverkauf der Wohnung. Mein Bankberater gab grünes Licht und ich machte mich auf die Suche.

Ein Urlaub in einem wundervollen alten Bauernhaus unter Reet an der Nordsee inspirierte mich und ließ mich meine Pläne kurzfristig ändern. Es handelte sich um ein Doppelhaus in wundervoller Lage umgeben von Bauernrosen, Lavendel und Margeriten - also Natur pur und ich fing an zu träumen. Die Vermieterin nutzte eine Haushälfte als eigenes Urlaubsdomizil und vermietete die andere an Feriengäste.
Großartig!
Ich recherchierte, studierte Immobilienangebote und rechnete. Schnell war klar, dass ich mir diesen Luxus nicht leisten konnte. Wenn ich ein vergleichbares Objekt erwarb, müsste ich beide Hälften vermieten.
Eigenkapital hatte ich lediglich für die Nebenkosten und die Einrichtung des Hauses – würde das reichen?

Ein Gespräch mit meinem Finanzberater sollte Aufschluss geben. Obwohl ich meine Hausaufgaben gemacht hatte und meine Unterlagen vollständig waren, fuhr ich mich mit klopfendem Herzen los. Der Kaufpreis eines solchen Hauses war deutlich höher als der einer kleinen Wohnung in Hamburg. Würde die Bank mir so ein Objekt ebenfalls finanzieren?
Dort angekommen, versuchte ich meine Aufregung kurz vor dem Termin in den Griff zu bekommen und holte einmal tief Luft. Schon ging die Tür auf und ich wurde hinein gebeten.

„Guten Tag Frau Schreiber, kommen Sie herein. Das klang ja spannend und geheimnisvoll am Telefon – nehmen Sie Platz."
Mit wackeligen Knien erreichte ich meinen Stuhl und lächelte.
„Ja, ich habe meine Pläne geändert, ich glaube ich bin für eine Eigentumswohnung noch nicht sesshaft genug."
Er grinste etwas schelmisch und fragte: „Ah, was wollen Sie denn jetzt kaufen? Ein Wohnmobil?"
Sein Scherz entspannte die Situation und ich holte meine Unterlagen aus der Tasche. Seine Sekretärin servierte Kaffee und ich gewann etwas Zeit, um meine Gedanken zu sortieren und mich zu konzentrieren. Ich war von der Idee mittlerweile begeistert und wollte es nicht vermasseln.
Mitgebracht hatte ich das Exposé des Hauses, das ich mir bereits von außen angeschaut hatte und dessen Eckdaten, die sich wie mein absoluter Traum lasen. Diese Immobilie hatte alles, was ich mir wünschte: zwei Kamine, Wannenbad, Galerie – ein kleines schnuckeliges Doppelhaus unter Reet in der Nähe von St. Peter-Ording auf einem großen Grundstück.
Perfekt!
Dazu hatte ich einen Business-Plan ausgearbeitet – von der Vermietung von Ferienimmobilen hatte ich bis dato noch überhaupt keine Ahnung, aber ich hatte tagelang Übernachtungspreise recherchiert und Informationen zu realistischen Vermietungszahlen gesammelt. Mein Plan war schlüssig.
Nun musste nur noch die Bank ihre Finanzierungszusage geben - dann konnte mein Traum vom eigenen Haus erfüllt und meine Altersvorsorge in eine neue Phase eintreten.
Mein Berater studierte die Unterlagen, runzelte seine Stirn und nickte schließlich:
„Das sieht doch recht gut aus...."
Ich war erleichtert.
„...wir machen einen Termin mit dem Bauspezialisten und dann bekommen Sie eine endgültige Entscheidung, und wenn diese positiv ausfällt, ein konkretes Finanzierungsangebot. Dafür brauchen wir noch Ihre Gehaltsnachweise der letzten drei Monate."

Wenn er geahnt hätte, wie doppeldeutig diese Formulierung war, hätte er mich vermutlich ohne neuen Termin nach Hause geschickt. Denn mein kurzfristiger Ausflug in ein Angestelltenverhältnis sollte drei Monate später beendet sein - und ich wusste noch nicht, wie es danach weiter gehen würde.
Der perfekte Zeitpunkt um sich ein Haus zu kaufen!
Ja, ein bisschen riskant war es schon, doch von meinem Gehalt hätte ich es sowieso nicht finanzieren können, die Mieteinnahmen sollten die Kosten decken und St. Peter-Ording ist ein Top-Urlaubsgebiet.

Ich ging zu dem zweiten Banktermin also mit meinen hübschen drei Gehaltsabrechnungen. Kurz hatte ich überlegt, ob ich der Bank sagen sollte, dass es sich um ein befristetes Arbeitsverhältnis handelte, das nicht verlängert wurde. Mein bester Freund riet mir jedoch dringend davon ab und da ich nicht gefragt wurde, ließ ich es.
Der Bauspezialist war ein Bubi, der definitiv noch grün hinter den Ohren war – oje, in dessen Händen lag nun meine Zukunft. Er war bestimmt zehn Jahre jünger als ich und ich hatte extreme Zweifel, dass er besser beurteilen konnte, ob ich diese Finanzierung bewältigen konnte.
Er rechnete wie ein Wilder – was, konnte ich nicht genau nachvollziehen – und kritzelte dazu ein Blatt nach dem anderen voll.
Imposant!
Zwischendurch runzelte er seine Stirn in tiefe Falten und schüttelte immer wieder mit dem Kopf. Mir sank der Mut und ich überlegte bereits, welche Bank ich als Nächstes fragen sollte. Schließlich hatte er genug gerechnet, fügte alle Papiere zu einem ordentlichen Stapel zusammen und schaute mich ernst an.
Der machte es aber spannend! Obwohl ich kaum noch still sitzen konnte, hielt ich seinem Blick stand. Da er nicht lächelte, unterließ ich es ebenfalls.
Schließlich nickte er und sagte: „Das ist ein schönes Objekt und Ihr Business Plan ist schlüssig. Gern werden wir Sie mit einer Finanzierung begleiten.“ Endlich lächelte er und erleichtert tat

ich es ihm gleich. Am liebsten hätte ich gejubelt, aber das sparte ich mir für später auf.
Ich war am Ziel – dachte ich. Genau genommen war es der Anfang eines langen Weges, der mit sehr viel Freude und Leidenschaft, aber auch mit Schmerzen, Verzicht, Wut und Ärger verbunden war und ist.
Dazu im Laufe dieses Buches mehr.

So kaufte ich am Freitag, den 13. August 1999 mein erstes Haus - meine kleine Reetkate Tating auf Eiderstedt.

Zwischen dem Entdecken im Internet und dem Notartermin lagen drei Wochen. Auch nach 15 Jahren habe ich meine Entscheidung nicht bereut!

Übernahme und Einrichtung der Reetkate Tating

Der Tag der Vertragsunterzeichnung war aufregend, die Sonne strahlte und ich musste mit meinem alten Auto ohne Klimaanlage von Hamburg nach Heide fahren. Die große Frage war also: Was sollte ich anziehen? Ich wollte einen seriösen Eindruck machen und nicht völlig verschwitzt ankommen.
Das bekam ich hin und wertete es als gutes Omen.
Immerhin hatte ich meinen Wunschtermin - einen Freitag, den 13. - bekommen, da konnte eigentlich nichts mehr schiefgehen.
Ich leistete meine folgenschwere Unterschrift und war Hauseigentümerin – Hausbesetzer, wie wir es ein wenig lästerlich ausdrückten. Auf die Übergabe musste ich lediglich zweieinhalb Wochen warten, schon am 01. September sollte es soweit sein.

Der Makler, der leider an dem Geschäft beteiligt war, lud uns zum Kaffee ein. Wir erfrischten uns im Schatten einer Ulme und ich stieß mit ihm auf die neue Ära an.

Gern hätte ich das Haus ohne das Zutun eines Maklers gekauft, denn da in Deutschland in dieser Branche der „Letzte die Zeche bezahlt“, war die Provision ein dicker Batzen, den ich lieber in mein schnuckeliges Häuschen investiert hätte. Doch die Verkäuferin hing an dem Haus und wollte sich am liebsten gar nicht trennen. Er hatte als Vermittler fungiert und ohne ihn wäre der Kauf eventuell gar nicht zustande gekommen. Ich versuchte mir also die große Rechnung, die auf mich zukam und die einen großen Teil meines Eigenkapitals verschlang, schön zu reden und meinen Frieden damit zu machen.
Als er sie mir jedoch am Ende des Termins in die Hand drückte und mich darauf hinwies, dass sie nun verdient und auch sofort fällig sei, war ich doch etwas konsterniert. Der Zugang in ein paar Tagen auf dem Postwege wäre in meinen Augen angemessener gewesen.

Genauso seltsam war die Übergabe des Hauses. Am Abend vor dem großen Tag war ich voller Vorfreude und Aufregung. Mein eigenes Haus! Morgen würde ich die Schlüssel bekommen! Ich konnte es kaum abwarten.
Gegen 20 Uhr klingelte das Telefon - die Verkäuferin war dran.
„Frau Schreiber, ich kann morgen nicht nach Tating kommen, ich habe einen wichtigen Termin...“
Wichtiger als der Termin mit mir??
„Sind Sie noch dran?“
„Ja. Sicher, ich bin überrascht – für mich ist das der wichtigste Termin weit und breit. Ich freue mich sehr auf die Übergabe.“
„Keine Sorge, Sie bekommen die Schlüssel und Ihr Haus, ich werde sie in den Briefkasten legen. Diesen können Sie einfach aufklappen. Wenn sich Fragen ergeben, rufen Sie mich an, aber eigentlich ist ja alles klar.“
Das hatte ich mir anders vorgestellt.
Feierlicher. Aber dafür war sie nicht die Richtige.

„Es sind sowieso beide Haushälften von Feriengästen bewohnt, wir können nicht in das Haus hinein."
Da hatte sie Recht.
„Okay, ich werde mich bestimmt noch mit Fragen melden. Ich rufe spätestens an, wenn ich die Möbel nicht mehr brauche."
Wir hatten vereinbart, dass ich die vorhandene Einrichtung bis zum Jahresende ohne zusätzliche Kosten nutzen durfte. Die Zeit zwischen dem Notartermin und der Übernahme hatte ich allerdings fleißig Vorarbeit geleistet. Es war ein regelrechter Kaufrausch gewesen.
Möbel, Geschirr, Elektrogeräte, Dekoration.
Ich kaufte, kaufte und kaufte.
Besonders bei den Möbeln hatte ich Sorge, dass etwas nicht passen würde. Ich hatte keinen vermaßten Grundriss und war auch nicht einmal mit einem Zollstock durch das Haus gegangen. Bei den drei Besichtigungen schätzte ich die Maße anhand der vorhandenen Einrichtung. Ich bestellte, vereinbarte Abholtermine und hoffte, dass es nicht nur passen, sondern auch zusammen gut aussehen würde.

Der Einkauf der Elektrogeräte war ebenfalls speziell. Da es sich um ein kleines Doppelhaus handelte, benötigte ich alles doppelt.
Ich kaufte also zwei Kaffeemaschinen, zwei Toaster, zwei Wasserkocher, zwei Ghettoblaster, zwei Fernseher, zwei Zimmerantennen, zwei Videorecorder (es war das Jahr 1999), zwei Staubsauger, allerdings lediglich eine Mikrowelle (in der kleineren Hälfte gab es nur eine Pantryküche) und unzählige kleine Lampen.
Die Kassiererin taxierte erst den Stapel Geräte, dann mich und schließlich wieder die Geräte. Ihr Blick sagte so viel wie „Sind Sie sicher, dass Sie wissen, was Sie tun?"
Ich lächelte sie selbstbewusst an und sie scannte alles in ihre Kasse. Ich türmte die Beute auf den Wagen und balancierte sie vorsichtig zu meinem kleinen Auto. Hoffentlich passte alles hinein!

Meine Garage wurde zum Zwischenlager und sah nach und nach mehr wie das Lager eines Hehlers aus.
Spannend war auch der Einkauf der Bettdecken und Kissen – alles achtmal, dazu Kücheneinrichtung: Töpfe, Teller, Tassen, Bestecke.
Dieses Mal war es knapp. Meine Mutter, die mich begleitete, musste etliche Dinge auf den Schoß nehmen, sonst hätte es nicht gepasst. Mit Schmackes warf ich die Heckklappe zu – geschafft. Ein kleines Mädchen auf dem Parkplatz haben wir sehr beeindruckt, sie rief begeistert: „Guck mal Mami, die vielen Kissen!“
Auf zu meiner Garage.

Da der große Tag des Eigentümerwechsels ohne jede Feierlichkeit vergehen würde und meine Helfer und ich nicht in das Haus konnten - schon eine merkwürdige Situation, mein Häuschen war ‚besetzt' - beschlossen wir, erst am 5. September zu fahren. Dann würde zumindest die kleine Hälfte, wie wir sie nach einiger Überlegung nannten, frei sein. Renoviert werden musste kaum und wir nahmen alle Möbel und Einrichtungsgegenstände mit, mit der wir diese Haushälfte ausstatten wollten. Es blieben fünf Tage Zeit, um alles umzukrempeln – dann kamen die nächsten Urlauber.

Wir mieteten einen Transporter mit Plane - ich fühlte mich an die Umzüge aus meiner Studentenzeit erinnert - stopften alles, was ich in meiner Garage gesammelt hatte, hinein und klapperten noch ein paar Läden ab, bei denen ich Möbel bestellt hatte.
Der Wagen war bis oben hin voll und mit flatternder Plane machten wir uns auf den Weg - zwei meiner Freunde kamen zur Unterstützung mit.

Innerhalb von fünf Tagen richteten wir die kleine Haushälfte komplett neu ein, es war eine Menge Arbeit, aber wir hatten trotzdem unglaublich viel Spaß und natürlich freute ich mich riesig!

Die Frau, die in dieser Zeit mit ihrem Sohn in der großen Hälfte Urlaub machte, war froh, dass es endlich Abwechslung gab. Wir boten ihr an, dass wir die mitgebrachten Möbel für das Wohnzimmer schon sofort aufstellten. Also verbrachten Mutter und Sohn ein paar Tage damit, Kommoden aufzubauen und Sitzgelegenheiten zu arrangieren.
So gesehen haben wir unseren Gästen vom ersten Tag an etwas Besonderes geboten.

Am letzten Tag unseres Aufenthaltes rief ich die Verkäuferin an.
„Schreiber hier, ich würde Ihnen gerne einige Ihrer Sachen vorbeibringen. Die kleine Haushälfte haben wir schon neu eingerichtet, außerdem das Wohnzimmer der großen Hälfte."
Schweigen.
„Passt es Ihnen in der nächsten Stunde?"
„Ich – äh – Sie haben alles aus der kleinen Wohnung ausgeräumt? Ich dachte, Sie würden noch ein paar Dinge übernehmen..."
„Nein, wir haben alles neu gekauft und im nordischen Stil eingerichtet – hell und freundlich. Sind Sie zu Hause? Kann ich vorbeikommen und Ihnen Ihre Sachen bringen? Ich habe schon alles auf einen Transporter gepackt."
„Ja – okay, ich bin da."
„Gut, dann bis gleich."

Bis zum Jahresende verbrachte ich fast jedes Wochenende in meinem kleinen Traumhäuschen. Ich richtete ein, gestaltete mein Marketing und lernte den neuen Geschäftszweig Tourismus kennen. Ich traf meine Gäste und erforschte ihre Bedürfnisse.
Außerdem verbrachte ich viele Stunden vor dem Kamin und machte Pläne für die neue Saison.

Die Sensefrau

Ungläubigkeit lag in seinem Blick.
Er musterte mich von oben bis unten.
Langsam.
Sein Blick blieb kurz an meinen lackierten Nägeln hängen und schließlich an meinen hohen Schuhen. Es mischte sich ein wenig Fassungslosigkeit hinein.
„*Sie* wollen eine Sense kaufen?“
Meine Güte, was für ein Macho-Gehabe! Musste ich in Gummistiefeln hier hinein watscheln, um von diesem Landei ernst genommen zu werden?
Meine Nachbarn hatten auch bereits gefeixt.
„Städter!“, hatten sie getuschelt, „großes Grundstück kaufen, aber nicht einmal Rasen mähen können sie....“
Opa von hinten hatte schon offen gelästert, aber ihm konnte ich offenbar nichts recht machen, das war sofort klar gewesen.
„Und wofür brauchen *Sie* eine Sense?“ Das überhebliche Landei holte mich zurück an den Schauplatz des Geschehens. So langsam reichte es mir. Auch wenn ich nicht seinen Vorstellungen des typischen Käufers einer Sense in einem ländlich gelegenen Baumarkt entsprach: So musste ich mich als

frischgebackene, stolze Hauseigentümerin und dazu als Hamburger Geschäftsfrau nicht behandeln lassen!
„Ist das eine Fangfrage?“ Mein Ton war bestimmt und fordernd.
Er schaute mich leicht irritiert an.
„Haben Sie nun Sensen im Sortiment, oder nicht? Und wenn ja, wo kann ich sie finden?“
Er nickte, die Frage nach dem Lagerort schien ihn von dem ursprünglichen Zweifel, ob es sinnvoll sei, mir ein solches Gerät zu verkaufen, abzulenken.
Dann marschierte er los und ich stöckelte hinterher, hatte zwar Mühe Schritt zu halten, wollte mir aber natürlich keine Blöße geben.
Dass wir versäumten, einen Rasenmäher anzuschaffen, war schon peinlich genug – aber erst war der große Garten eine Pracht von Löwenzahn gewesen, satt und gelb leuchtete er uns an... tja und dann haben wir den Zeitpunkt verpasst. Aus Pusteblumen wurde eine Büschelwiese und schließlich wuchs uns die ganze Herrlichkeit buchstäblich über den Kopf.

Ich stöckelte so schnell ich konnte und hätte den Verkäufer fast umgerannt, als er plötzlich abrupt stehen blieb und strahlend auf den Inhalt eines Regals zeigte.
Er musterte mich mit einem letzten zweifelnden Blick und verwarf schließlich seine Bedenken. Schwungvoll riss er eine mittelgroße Sense aus dem Fach. Bevor er sie mir in die Hand drückte, demonstrierte er mir die Handhabung. Ich nickte wissend, obwohl ich herrlich ahnungslos war.

Und das war ein Segen, denn noch wusste ich nicht, wie anstrengend es werden sollte, die 2000 qm mit der Sense zu bearbeiten, der Rasen hatte mittlerweile eine Höhe von 50 bis 60 cm.

Erwartungen

Seit jeher beschreibe ich meine Feriendomizile so genau wie möglich, damit den Gästen Enttäuschungen und damit mir selbst Ärger erspart bleibt.
Trotzdem kommt es ab und zu vor, dass die Erwartungen der Urlauber und die Realität vor Ort nicht zusammen passen. Mittlerweile habe ich viel Erfahrung und kann aus dem Schriftverkehr im Vorwege oder während der Telefonate heraushören, was sich die Gäste wünschen bzw. was ihnen wichtig ist.
Das war am Anfang leider noch nicht so und führte zu einer großen Enttäuschung für eine Frau und einer peinlichen Situation für ihren Mann.

Eine vierköpfige Familie mit Hund hatte die kleine Hälfte meiner Reetkate Tating gebucht. Eine kleine Wohneinheit mit lediglich 40 Quadratmetern, in der man bei Anreise mit mehr als zwei Personen abends Betten bauen muss, um das Wohnzimmer in ein zusätzliches Schlafzimmer zu verwandeln.
Sie wird im Sommer häufig für vier Personen gebucht, das war also nicht ungewöhnlich. Hellhörig hätte ich werden können, als mir die Familie den Mietvertrag zurückschickte. Er war begleitet von den Worten:
„Wir freuen uns schon sehr auf unseren Urlaub in Ihrem Anwesen."
Anwesen!
Ich weiß nicht, welche Assoziationen Sie haben, wenn Sie das Wort ‚Anwesen' hören. Ich hatte damals schon an ein großes Herrenhaus mit einer schier endlos langen Reihe von Fenstern gedacht. Bei der Vorbereitung dieses Buches habe ich den Begriff gegoogelt - die Häuser und Fensterfronten waren noch imposanter als in meiner Vorstellung.
Leider reagierte ich nicht. Ich wunderte mich etwas, denn eine Reetkate ist das exakte Gegenteil eines Anwesens: ein kleines Landhaus in ursprünglicher Bauweise – doch ich hakte nicht nach.

Der Tag der Anreise war ein herrlicher Sommertag, der eigentlich Lust auf Urlaub machte. Die Frau war mit sehr hohen Schuhen etwas unpassend gekleidet, aber das ist ja letztlich Geschmacks- und auch Übungssache.
Sie stöckelte über den leicht unebenen Weg und rümpfte die Nase. Ein benachbarter Bauer hatte uns an diesem Tag mit einem frisch gedüngten Feld beglückt. Es stinkt dann wirklich außerordentlich, doch das ist eben Landleben!
Madame war schon genervt, bevor sie überhaupt einen Blick in das Domizil geworfen hatte. Ihr Mann trottete mit eingezogenem Kopf hinterher und sagte nichts.
Vielleicht hatten sie sich bereits auf der Fahrt gezofft, das blieb jedoch Mutmaßung. Möglicherweise war ihr mittlerweile klar

geworden, dass sie 40 Quadratmeter in einer Kate gebucht hatte und nicht 400 in einem Anwesen.
„Oh Gott, wie das hier stinkt! Das wird ja wohl im Haus nicht genauso sein?!"
Ihr Mann schwieg weiterhin.
Wagte er nichts zu sagen? Oder hatte er nichts zu sagen?
„Oder kommt das etwa aus dem Haus?"
Man hätte lachen können, wenn es nicht so traurig gewesen wäre – und grotesk!
„Schatz, sag' du doch auch mal was!"
Schatz zuckte zusammen.
„Was denn?"
Die Frau grunzte, stöckelte weiter und folgte mir zu der Eingangstür des gebuchten Domizils. Ich hoffte sehr, dass sie sich noch beruhigen würde und der Charme der kleinen Wohneinheit sie einnehmen würde – doch ich hatte große Zweifel.
Der Gast offensichtlich auch.
Er hielt Abstand und ließ seine Frau erst einmal die Wohnung inspizieren. Sein Verhalten wirkte nicht besonders hoffnungsvoll.
Und wo waren eigentlich die Kinder und der Hund?

Während ich im Türrahmen stehen geblieben war, erforschte sie die überschaubaren Räumlichkeiten.
Ich schreckte aus meinen Gedanken, als sie zu Zetern begann. Mit einem solchen Ausbruch hatte ich sogar nach diesem Vorspiel nicht gerechnet.
„Karl-Christian, wo bist du eigentlich? Karl-Christian – ich sage dir, das geht hier gar nicht. Karl-Christian!!!"
Karl-Christian machte den Eindruck, als hätte er sich am liebsten auf dem Absatz umgedreht und auf die Flucht begeben.
Hatte er vorsorglich Kind und Kegel im Auto gelassen?
„Karl-Christian!!"
„Ja, Schatz?" Er fügte sich gottergeben in sein Schicksal und folgte ihr in die Haushälfte.

Am liebsten hätte ich die Tür von außen zugezogen. Ein Moment des Zögerns und schon war es zu spät. Die Frau schoss wie eine Furie auf mich zu.
„Frau Schreiber, was haben Sie sich eigentlich dabei gedacht...?"
Ich? Wobei?
„Das kann ja wohl nicht Ihr Ernst sein! Das ist doch keine Wohnung für eine vierköpfige Familie!"
...den Hund nicht zu vergessen!
Am liebsten hätte ich sie geschüttelt.
Ihr Begleiter tauchte nicht wieder auf.
Schlau!
„Und dieser Gestank..." sie war noch nicht fertig, wenn sie auch bereits begann, sich zu wiederholen, „...was haben Sie bloß gemacht, dass es hier so stinkt? Ich glaube, das kommt aus dem Haus."
Ob es Sinn machte, ihr etwas über Landwirtschaft zu erzählen? Ich bezweifelte es.
Es hätte mich nicht gewundert, wenn der Mann auf der Rückseite des Hauses aus dem Fenster geklettert wäre, aber er tauchte wieder auf. Dass er am liebsten im Boden versunken wäre, war ihm anzusehen.
Er startete einen Versuch, sie zu beschwichtigen.
„Mäuschen, das ist doch ein nettes Domizil..." - ich verzieh ihm die Wortwahl (nettes Domizil!), auch wenn ich der Meinung war, dass die Kate eine andere Bezeichnung verdient hatte, die Frau schaute ihn vernichtend an - „und der Gestank ist nicht angenehm, aber wir sind hier auf dem Land. Das wolltest du doch! Das ist ein frisch gedüngtes Feld, das wirst du morgen nicht mehr riechen."
„Das ist doch Quatsch! Ich werde hier auf keinen Fall bleiben."
Das hatte ich befürchtet.
„Aber Eva-Maria, es ist doch so wie in der Beschreibung..." weiter kam er nicht, denn sie fiel ihm äußerst aufgebracht ins Wort.
„Hier ist nichts so wie beschrieben, ich wollte einen Urlaub auf einem schönen Anwesen machen und nicht in so einem kleinen Haus inmitten von LANDWIRTSCHAFT! Was hast du dir dabei

gedacht, so etwas zu buchen? Kannst du gar nichts richtig machen? Das ganze Jahr rackere ich mich für die Familie ab und nun das!"
Wie aufs Stichwort erschien besagte Familie. Strahlend kamen zwei Kinder um die Hausecke gelaufen, ein freundlicher Hund sprang zwischen ihnen hin und her.
„Mama, wow, was für ein toller großer Garten! Hier können wir mit Barnie toben und spielen." Wie zum Beweis warf der Junge einen Tennisball auf die Wiese und der Vierbeiner rannte begeistert hinterher.
Das gab ihr den Rest.
„Sarah-Claudine und Malte-Torsten, ihr setzt euch jetzt sofort wieder in das Auto und nehmt Barnie mit! Was fällt euch überhaupt ein!?"
Glaubt ihr, dass ihr zum Spaß hier seid? Und das im Urlaub!
Der Vater schien das Gleiche zu denken wie ich. Er entfernte sich etwas und gab mir ein Zeichen, ihm zu folgen.
„Es tut mir leid, Frau Schreiber. Ich fürchte, wir müssen wieder abreisen. Wenn sie so ist, dann gibt es keinen Ausweg. Ich denke, Sie verstehen. Können wir uns einigen? Können Sie mir einen Teil des Mietpreises zurückzahlen? Es ist mir sehr peinlich, aber ich kann es nicht ändern."
Seine Frau hatte uns mittlerweile ins Visier genommen und näherte sich. Das Gekeife wurde lauter.
„Wir reisen ab, Karl-Christian! Lass dir das Geld zurückgeben und dann fahren wir."
Ohne mich eines weiteren Blickes zu würdigen, tänzelte sie davon. Sie war schon aus unserem Blickfeld verschwunden, als sie plötzlich aufschrie und dann fluchte wie ein alter Seemann.
Soviel zum Thema passendes Schuhwerk.
Nur mit Mühe konnte ich mir ein dümmliches Grinsen verkneifen, immerhin stand der Familienvater ja noch vor mir.
Und dann grinste er.
Nur kurz, aber deutlich.
Sein Blick sagte: „Ich muss damit leben."
Wir einigten uns und sie reisten ab.

Zugegeben, das war nicht nur ein extremes Beispiel, das war der lautstärkste Vorfall, den wir in 15 Jahren hatten. Doch auch leisere Töne können irritieren und Unverständnis hervorrufen.

Manchmal beginnt es schon bei der Anfrage. Das Buchungsverhalten hat sich seit Ende der Neunziger Jahre sehr geändert. Früher wurden längere Zeiträume gebucht und das viele Monate im Voraus.
Heute planen die Menschen später, manchmal nur ein paar Tage vor der gewünschten Anreise und bleiben kürzer. Daran haben wir uns gewöhnt und verübeln es auch niemanden.
Anstrengend ist jedoch übertriebene Schnäppchenjagd - und da kommt das Thema Erwartungen wieder ins Spiel.

Ich hatte vor einiger Zeit einen Anruf von einem potentiellen Gast, der für den Mai ein Domizil suchte. Es waren in diesem Fall noch ein paar Monate hin, die Anfrage erreichte mich im Februar. Der Belegungskalender zeigte überwiegend freie Zeiträume, die meisten buchten gerade ihren Sommerurlaub. Im Mai verreisen Singles und Paare, die buchen einfach später, weil sie allein oder zu zweit dann immer noch ein schönes Quartier finden.
Mein Anrufer fragte siegessicher nach einem Sonderangebot. Ich bedauerte und erklärte ihm, dass diese lediglich in der Zeit von November bis März gelten - mit Ausnahme von Weihnachten und Silvester. Seine Antwort verschlug mir die Sprache:
„Aber wieso denn, es ist doch alles frei!“
Offensichtlich deutete er mein Schweigen falsch.
„Ich biete Ihnen die Hälfte des Preises, den Sie im Internet veröffentlicht haben. Wir würden sechs Tage bleiben.“
Sechs Tage - großartig! Der Bruttomietpreis reduziert sich um Steuern, Energiekosten und ‚Verschleiß‘ in Form von Renovierung und Modernisierung. Da bleibt nicht viel übrig. Wenn noch etwas beschädigt wird, bin ich in den roten Zahlen.
Er machte allerdings nicht den Eindruck, als würde er sich für meine Betriebswirtschaft interessieren.

„Na, was sagen Sie dazu?"
„Nein, danke!"
„Wie bitte?"
„Auf Wiedersehen!"

Auch wurde ich schon beschimpft, als ich den Buchungswunsch eines potentiellen Gastes ablehnte. Er rief mich genau einen Tag vor gewünschter Anreise an. Mit so kurzfristigen Buchungen haben wir bereits schlechte Erfahrungen gemacht.
Es fordert eine hohe Flexibilität, das Haus dann noch vorzubereiten. Die Betreuung muss im Zweifel umplanen und wir haben nicht die Sicherheit einer eingegangenen Mietzahlung. Es ist schon vorgekommen, dass die Gäste in einem solchen Fall nicht erschienen sind. Da die Reinigung stets frisch vor Anreise der Gäste gemacht wird, bleibe ich in so einem Fall auf den Kosten sitzen und die Mitarbeiterin hat sich die Mühe umsonst gemacht.
Da er lediglich drei Nächte bleiben wollte, lehnte ich ab. Das konnte er nicht verstehen und versuchte mich zu überreden. Wenn er zwei bis drei Tage eher angerufen hätte, hätte ich mich wahrscheinlich darauf eingelassen. Als ich ihm das sagte, fing er an, mich zu beschimpfen.
„So toll sind Sie nun auch wieder nicht und Ihre Arroganz wird noch bestraft werden."
Was soll man dazu sagen? Mir fiel nichts ein und ich legte auf.

Zum Schluss dieses Kapitels noch ein kleiner Wechsel der Perspektive. Auch meine Erwartungen, wie mein Inventar behandelt werden sollte, weichen leider immer mal wieder von der Realität ab.
Wir stecken viel Geld, Zeit, Energie – außerdem Liebe und Herzblut in unsere Ferienhäuser und sind stets bemüht, dass der Urlaub unserer Gäste eine wirklich schöne Zeit wird.
Leider sehen wir uns ab und zu damit konfrontiert, dass die Einrichtung nicht so behandelt wird, wie wir es erwarten dürfen, denn sie ist ja lediglich leihweise übergeben.

Die meisten Gäste hinterlassen unsere Häuser vorbildlich, manchmal so sauber, dass wir uns fragen würden, ob sie überhaupt da waren, wenn wir sie nicht persönlich empfangen hätten.
Andere jedoch lassen ihre Hunde helle Kissen als Abtreter nutzen oder schaffen es, gerade installierte Dinge kaputt zu machen. Fliegen werden an die Wände geklatscht - das benutzte Fondue wird einfach in den Ausguss geschüttet. Er verstopft dann garantiert!
Auch um extreme Fälle wie Hundekot auf dem Teppich oder eine voll gepinkelte Matratze kann ich den Bericht erweitern. Mitten in der Hauptsaison, wenn für den Bettenwechsel gerade mal fünf Stunden zur Verfügung stehen, bedeutet das Stress für die Hausbetreuung.
Der Teppich konnte einfach zusammengerollt und weggeworfen werden. Die Expressreinigung der Matratze durch eine Fachfirma war erst zum Abend erledigt und Umstand für alle Beteiligten.
Ein Malheur kann jederzeit passieren und meist mit überschaubarem Aufwand beseitigt werden, sodass auch die nachfolgenden Gäste ihren Urlaub unbeschwert genießen können.

300-Jahr-Feier Martendorf 13

In der Regel sind die Menschen, die mich unterstützen und ich im Winterhalbjahr in den Häusern und meistens begleitet uns viel Arbeit. An den Strand kommen wir selten und Zeiten für den eigenen Urlaub blocken wir uns so gut wie nie. Anlässe, um zu feiern, gibt es dennoch immer mal wieder.

Für die kleine Reetkate in Tating ist der erste Eigentümer aus dem Jahr 1704 bekannt – das wissen wir aus der Ortschronik, die in den Tatinger Heften veröffentlicht wird.

Martendorf 13 (alte Hausnummer 196)

Foto: 1956

Zwischen ca. 1700 und 1762 betrug die Größe der Hauswarft, des Gartens und des dazugehörigen Ackers zusammen 1 Demat 1 Saat 27 Quadratruten (ca. 63,62 Ar). 1773, 1795, 1813 und 1846 als Wohnhaus genannt. 1867 als strohgedecktes Wohnhaus (2 heizbare Stuben, 2 Küchen, 2 Kammern) mit 30 Quadratruten Garten verzeichnet.

<u>Besitzerfolge:</u>

1704 Peter Boyens
1731 Peter Jacob Carstens
1754 Daniel Heins. Er verstarb am 25.03.1795, 75jährig.
1796 Witwe Frauken Heins geb. Hinrichs. Diese starb am 23.07.1801 im Alter von 88 Jahren. Sie hinterließ zwei Töchter, Catharina, verheiratet mit Peter Brumm, und Margaretha Dorothea, Ehefrau von Jochim Detlef Menke. Ihre Tochter Anna, verheiratet mit Christian Löbke, war bereits 1783 verstorben.
1802 deren Erben
1803 Jacob Jans Fedders aus Ording. Dieser hatte am 30.03.1802 Catharina Elisabeth Löbke (geboren 1779), Tochter von Christian Löbke und Anna geb. Heins, geheiratet. Er starb bereits am 13.09.1807, 34 Jahre alt.
1808 Witwe Catharina Elisabeth Fedders geb. Löbke

1811 Matthias Loose. Dieser stammte aus Quedlinburg und heiratete am 08.02.1811 die Witwe Catharina Elisabeth Fedders. Er verstarb am 23.03.1821 im Alter von 51 Jahren.

1822 Witwe Catharina Elisabeth Loose geb. Löbke

1825 Claus Peters. Er hatte am 19.09.1824 die Witwe Catharina Elisabeth Loose geheiratet, starb jedoch bereits nach einem Jahr, am 19.11.1825, 61 Jahre alt.

1826 Witwe Catharina Elisabeth Peters geb. Löbke und Miterben. Um 1860 war das Haus ganz vermietet. Die Witwe Peters verstarb am 21.01.1864 im Alter von 84 Jahren.

1865 deren Erben

1866 die Kinder aus zweiter Ehe, Margaretha Elisabeth Loose (geb. 1814), Matthias Lorenz Loose (geb. 1816) und Daniel Heinrich Loose (geb. 1819)

1866 Matthias Lorenz Loose (geb. 1816). Dieser war seit 1843 mit Anna Abel Thomsen (geb. 1809 in Simonsberg) verheiratet. Er starb am 28.11.1866.

1867 Witwe Anna Abel Loose geb. Thomsen. Um 1867 war das Haus ganz vermietet. Die Witwe Loose verstarb am 15.05.1891.

1891 Friedrich Wilhelm Lorenzen (Käufer). Er starb 1907, 86jährig.

1898 Matthias Harksen, Dienstknecht (Käufer). Dieser wurde 1872 in Tating geboren und erwarb im Februar 1897 das Haus mit 38 Ar Land für 1.225 Mark. 1898 schloß er die Ehe mit Anna Maria Kniese aus St. Peter. Er starb bereits am 08.03.1901.

1902 Witwe Anna Maria Harksen geb. Kniese

1905 Peter Peters, Arbeiter (Käufer). Dieser wurde 1846 im Kirchspiel Garding geboren und war verheiratet mit Anna Christina Voss aus Oldenswort, die 1911 im Alter von 56 Jahren starb. Peter Peters verstarb 1935.

1924 Johannes Peters, dessen Sohn (geb. 1885 in Tating), Arbeiter. Seine Ehefrau Betty Maria Lucia Peters geb. Thomsen starb 1963, Johannes Peters in März 1971.

1972 Ella Schiller geb. Peters, dessen Tochter (Erbin)

um 1975 Günther Pflaeging

? Steffi Theile

ca. 1999 Steffi Schreiber

Quellen:

Stuhlregister 1597/1694/1739, Norderreihe Frauenstühle, 15. Stuhl, 2. Sitz + Süderreihe auf den Priggen, 2. Stuhl, 7. Sitz
Dematregister ca. 1695/1700 + 1716, Tating-Bühr
Grabbuch 1760, Reihe 30
Dematregister 1762, KANF, S. 23
Brandkataster 1773, Nr. 179

Erdbuch 1793, S. 14²
Brandkataster 1795, Nr. 184
Volkszahlregister 1803, Nr. 70
Brandkataster 1813, Nr. 196
Stuhlregister 1843, Süderreihe Männerstühle, 14. Stuhl, 7. Sitz
Brandkataster 1846, Nr. 196
Gebäudesteuerveranlagung 1867, Nr. 196, lfd. Nr. 39
Grundsteuermutterrolle 1875, Artikel Nr. 151
Eiderstedter Nachrichten 18.02.1897
Kirchenbücher Tating
Willy Bornholt 2000

Also machten wir im September 2004 eine „300-Jahr-Feier", bei der wir auch auf fünf erfolgreiche Jahre unserer Vermietung anstoßen konnten.
Familie, Freunde und Bekannte machten sich auf den Weg in den hohen Norden und ich freute mich, mit allen dieses Fest zu begehen. Das Wetter war wundervoll, so dass wir im Garten feiern konnten. Im Haus herrscht aufgrund des Reetdaches ein gesundes Raumklima, das auch im Sommer für angenehme Kühle sorgt. Die von den Gästen mitgebrachten Speisen ergaben ein köstliches Büffet, das wir trotz warmen Wetters stundenlang in der Küche stehen lassen konnten.
Alle Vorbereitungen waren bereits vormittags getroffen und meine Vorfreude war groß.

Einzig mein damaliger Partner schien mir meine gute Laune nicht zu gönnen. Ich dachte mir nichts dabei, als er nach dem Brötchen holen für ein spätes Frühstück eine Runde um das Haus drehte und irgendetwas scheinbar kritisch untersuchte. Als der Tisch gedeckt war, rief ich nach ihm. Es duftete herrlich nach frischem Kaffee und die Sonne schien in die Diele. Er pfefferte die Brötchentüte auf den Tisch und setzte sich. Da ich wusste, dass er das Haus nicht so liebte wie ich und er das Wochenende lieber auf seiner Segelyacht verbracht hätte – die Saison neigte sich dem Ende zu – war sein Gesichtsausdruck eher missmutig.
Groll stieg in mir auf. Konnte er nicht einmal etwas großzügiger sein? Wie viele Wochenenden hatten wir schon auf seiner Yacht verbracht? Meine Häuser waren doch in der Saison so gut vermietet, dass wir sie nur allzu selten selbst nutzen. Warum

gönnte er mir nicht diesen Sommertag hier mit meinen Freunden?
Er konnte es nicht. Stattdessen legte er los:
„Das Dach sieht aber gar nicht gut aus. Die Drähte liegen schon frei."
Ich starrte ihn fassungslos an.
„Das wirst du bestimmt bald erneuern müssen!"
Ich starrte weiter.
„Einige Stellen sind schon richtig dünn. Vielleicht dringt schon Feuchtigkeit ein – haben dir deine Gäste schon mal so was gemeldet?"
Endlich nahm er mich wahr.
„Was starrst du denn so?"
Nur mit großer Mühe gelang es mir, ruhig zu bleiben. Am liebsten hätte ich ihm ein Brötchen an den Kopf und ihn dann aus dem Haus geworfen. Mussten Männer so unsensibel sein? Ich wollte mich heute einfach mal freuen. Alle Verantwortung und alle Rechnungen, die das Haus betrafen, vergessen und einfach feiern.
Ab Montag wollte ich mich gern wieder den Herausforderungen stellen – musste ich ja auch.
Ich funkelte ihn wütend an. So beherrscht wie möglich zischte ich:
„Das ist nun wirklich keine Neuigkeit, aber vielleicht darf ich heute einfach mal unbeschwert feiern."
„Natürlich, das machen wir doch nachher, ich dachte es sei wichtig, dich darauf aufmerksam zu machen..."
Klugschnacker!
„...ich wollte doch nur darüber reden, was ist denn daran so schlimm? Ich habe es doch nur gut gemeint!"
Tief durchatmen. Ich wollte heute keinen Streit. Nicht heute! Also schluckte ich alle bösen Erwiderungen hinunter und versuchte zu lächeln. Ich glaube, es wurde nur ein blödes Grinsen, aber wenigstens bewahrte es mich davor, unkontrolliert loszuschreien.
„Ich weiß, dass das Dach alt ist und es Investitionsbedarf gibt. Es ist doch sicherlich nicht zu viel verlangt, dass ich mir

ausgerechnet heute keinen Kopf darum machen möchte. Du bist doch nah genug dran, um zu wissen, wie viel Verantwortung die beiden Häuser bedeuten."
„Ja sicher, aber..."
„Kein Aber. Ich will heute Spaß haben – einfach unbeschwert sein", wiederholte ich in der Hoffnung, dass er das nun endlich begriff. Eigentlich war er ein intelligenter Mann.
„Das weiß ich doch, mein Schatz! Du kannst dich doch freuen, dass ich mir Gedanken um dich und dein Haus mache."
„Darf ich mich ab Montag darüber freuen?"
Er wollte noch etwas erwidern, doch ich war schneller:
„Super, dann können wir ja jetzt gemütlich frühstücken und danach den Rest vorbereiten."
Dieses Mal gelang mir ein Lächeln und ich schaute ihn entwaffnend an. Ein Brötchen lang schwieg er, dann grinste er plötzlich und erwiderte:
„Ich bin ein Idiot – tut mir leid."
Damit war das Thema erledigt und wurde auch am Montag nicht wieder hervorgeholt. Es sollte sich herausstellen, dass das Dach noch weitere zehn Jahre hielt, bis ich ernsthaft über eine Erneuerung nachdenken musste.

Das Wochenende wurde richtig schön. Es kamen so viele Freunde und Bekannte, dass wir am Ende zwei Stühle zu wenig hatten. Was erst als Problem erschien, wurde nachher eine rege „Reise nach Jerusalem", denn es ergab sich eine ständige Durchmischung der Gäste. Immer wenn einer zum Buffet oder zum Örtchen ging, ergatterte ein anderer seinen Platz. Dadurch hatte man immer wieder neue Gesprächspartner und alle lernten sich kennen. Es wurde ein lustiger Abend und obwohl einige noch in dieser Nacht nach Hamburg zurückfuhren, saßen wir lange zusammen.

Das kleinste Grundstück der Altstadt

Schon immer haben mich die kleinen Häuser in den Altstädten fasziniert, die ohne Vorgarten direkt an den schmalen Bürgersteigen kauern. Sie stehen eng wie Reihenhäuser oder sind gerade mal durch einen schmalen Gang getrennt.
Einfach aus Spaß schaute ich eines Tages nach preiswerten kleinen Häuschen im Umkreis von rund fünfzig Kilometern um Hamburg - vielleicht fand ich ja ein schnuckeliges Domizil, das ich selbst als Wochenendhaus nutzen konnte.
Tatsächlich gab es solche Häuser, insbesondere die Standorte Lübeck und Mölln sprachen mich an. In Lübeck handelte es sich um ein Ganghaus in der Engelsgrube - das klang romantisch. Es war lediglich ein Minihaus mit einem Wohnraum mit offener Küche und einem kleinen Duschbad unten. Über eine Stiege gelangte man in einen ebenfalls kleinen Schlafraum unter dem

Dach. Es glich einem Puppenhaus, war einfach, aber gemütlich ausgestattet und faszinierte mich auf den ersten Blick.
Die Alternative war ein schmales Stadthaus in Mölln über drei Etagen, die Angaben waren dürftig und die Bilder von sehr schlechter Qualität - unscharf und im Halbdunkel aufgenommen.
Ich schrieb die Makler an und bat um Exposés mit Details zu Sanitärausstattung, Alter und Zustand der Heizanlagen und fragte, ob jeweils die Möglichkeit bestünde, einen Kaminofen nachzurüsten ... und hörte erst einmal nichts!

Da mein Alltag ausgefüllt ist und ich die Anfragen mehr aus einer spontanen Laune heraus gestellt hatte, dauerte es eine ganze Weile, bis ich stutzig wurde, warum ich denn gar keine Antwort erhielt. Ich leitete also beide ursprünglichen Anfragemails noch einmal an die entsprechenden Makler weiter und wies darauf hin, dass ich nach wie vor interessiert sei.
Fast umgehend bekam ich einen Anruf und das Angebot, das Ganghaus in Lübeck noch in dieser Woche besichtigen zu können. Ich nahm an und fühlte sofort ein aufgeregtes Kribbeln, obwohl ich mich noch drei Tage gedulden musste.

Dann war der Tag gekommen - ein herrlicher Frühsommertag und voller Spannung und Vorfreude fuhr ich nach Lübeck. Weitere Fotos hatte mir der Makler nicht geschickt, allerdings die Information, dass die Nachrüstung eines Kaminofens nicht möglich wäre. Am Ende des Ganges gab dafür es eine kleine Grünfläche, die als Gemeinschaftsgarten genutzt wurde.

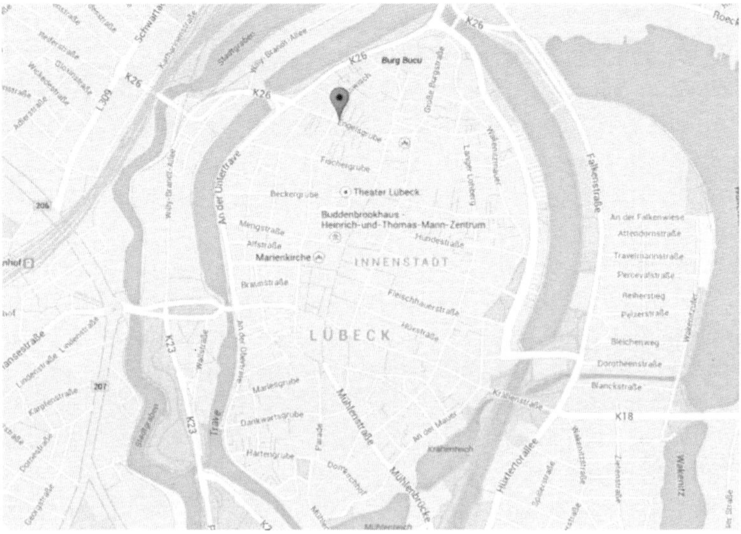

Pünktlich war ich vor Ort. Das Häuschen lag auf der Altstadtinsel in unmittelbarer Nähe zur Trave.

Dieser kleine Gang war richtig urig - ein kleiner Traum.

Interessiert schaute ich mir die angrenzenden Häuser, den Gemeinschaftsgarten und die nähere Umgebung an. Was ich sah, gefiel mir sehr. Schließlich waren darüber bereits zwanzig Minuten vergangen, doch der Makler erschien nicht. Ich holte mein Mobiltelefon aus der Tasche, um zu kontrollieren, ob ich einen Anruf verpasst hatte. Ein Netz hatte ich, aber weder einen Anruf noch eine SMS. Merkwürdig.
Da ich extra den Weg aus Hamburg gemacht hatte, beschloss ich noch eine Viertelstunde zu warten. Wenn er bis dahin nicht erschienen war, würde ich einen Bummel machen und Lübeck genießen. Das Wetter und die kleine Stadt waren viel zu schön, um sich zu ärgern.
Gerade als ich gehen wollte, kam jemand im Laufschritt den Gang entlang gehetzt.
„Frau Schreiber? Tut mir leid…“ Er musste erst einmal Luft holen, „tut mir wirklich leid! Puh, heute geht wirklich alles schief…“ Er japste immer noch.
„Guten Tag. Herr Meier, nehme ich an? Beruhigen Sie sich erst einmal!“
Er nickte, dann setzte er nochmals zum Sprechen an: „Der Eigentümer hat in letzter Minute abgesagt. Er hat im Moment einen Mieter für drei Monate und der ist spontan verreist. Er hat ihn auch erst heute Vormittag erreicht - was für ein Durcheinander! Ich habe im Stau festgesteckt und mein Akku war leer… ich weiß, es klingt ein bisschen unglaubwürdig, aber was anderes kann ich Ihnen leider nicht sagen.“
„Ich bin also umsonst nach Lübeck gekommen“, fasste ich die Fülle der Informationen zusammen.
„Was die Besichtigung des Hauses angeht ja, aber“, er versuchte ein Lächeln, das ein wenig schief geriet „ansonsten ist Lübeck immer einen Ausflug wert. Vielleicht können Sie sich ja die Zeit für einen kleinen Stadtrundgang oder eine Travefahrt nehmen und den Ort kennen lernen, in dem Sie vielleicht investieren wollen.“
Er gewann seine Souveränität und seinen Charme zurück und ich musste unwillkürlich lächeln.

„Ja, das werde ich machen. Trotzdem schade, ich hatte mich sehr auf die Besichtigung gefreut.“
Damit war alles gesagt. Wir verabschiedeten uns schließlich und ich genoss weitere drei Stunden in Lübeck.

Schon in der folgenden Woche ergab sich ein Termin für das Altstadthaus in Mölln.

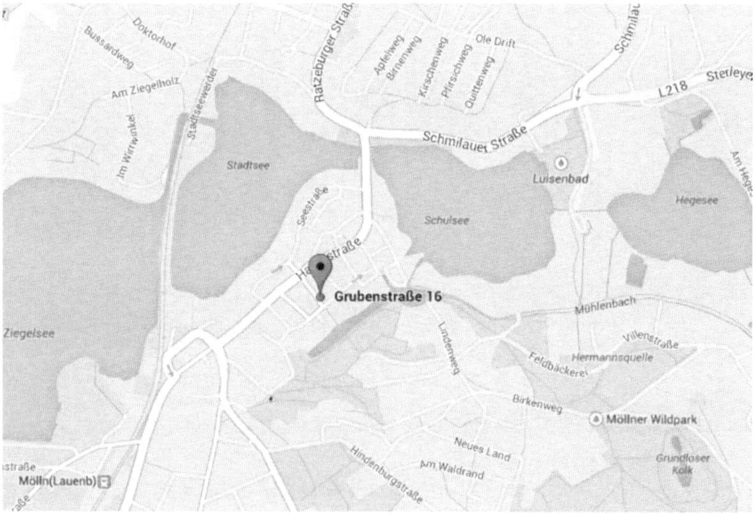

Auch diese Fahrt machte ich allein. Mein damaliger Partner hatte mich in den vergangenen Jahren umfangreich mit den beiden Reetkaten unterstützt und mir mit einigen Bemerkungen wie „...hört sich nach Werkzeugkiste an...“ zu verstehen gegeben, dass sein Bedarf an Sanierung und Renovierung erst einmal gedeckt sei.
Vielleicht wollte ich ihm und mir außerdem beweisen, dass ich es auch ohne ihn schaffe.
Das Haus war eine Überraschung – eine positive! Es war bereits komplett saniert und in einem frisch renovierten Zustand. Das war auf den nicht gerade vorteilhaften Fotos des Exposés nicht zu erkennen gewesen. Vom Bad gab es gar keine Bilder, was nach meiner Erfahrung nichts Gutes verhieß. Doch es handelte

sich um ein geräumiges, modernes, weiß gekacheltes Duschbad mit großem Fenster und Blick auf die St. Nicolaikirche.
Der Eigentümer zeigte mir das Haus und beschrieb mir in allen Einzelheiten die erst kürzlich zuvor abgeschlossene Sanierung und den Ausbauzustand. Der Schornstein hatte zwei Züge und vermutlich ließ sich sogar ein Kaminofen nachrüsten.

Die Lage des Hauses war noch schöner als die des Ganghauses in Lübeck, denn die Altstadt in Mölln besteht nur aus ein paar Straßen und ist von dem Kurpark und mehreren Seen umgeben. Ich war begeistert!
Der Kaufpreis des Hauses in diesem Zustand war äußerst moderat. Der Makler allerdings, der nicht viel über das Domizil wusste und ja lediglich das wenig verkaufsfördernde Exposé mit den dürftigen Fotos erstellt hatte und den ich außerdem dazu zweimal anschreiben musste bis ich eine Antwort erhielt, wollte eine exorbitante Provision kassieren. Sie war so außergewöhnlich hoch, dass ich gewillt war, mein Kaufinteresse zurückzuziehen, falls er keine Verhandlungsbereitschaft signalisierte.

Ich beschloss, mir im nächsten Schritt erst einmal eine Finanzierungszusage zu holen, bevor ich mein Verhandlungsgeschick an dem Makler testen würde.
Also recherchierte ich realistische Mietpreise, stellte einen Business-Plan auf und meine Zahlen zusammen, warf mich in mein kleines Schwarzes und nahm meinen Banktermin wahr. Schnell bekam ich ein attraktives Angebot von der Sparkasse, die mir bereits für das Haus in Kragelund ein Darlehen zur Verfügung gestellt hatte. Meine Finanzierung stand.
Nun galt es, den Makler davon zu überzeugen, dass eine Provision in Höhe von 13 Prozent unseriös war. Mein Entschluss stand fest: Wenn er von dieser Forderung nicht abweichen würde, musste er sich einen anderen Käufer suchen. Ich rief ihn an. Nachdem wir uns begrüßt hatten, kam ich direkt zum Thema.
„Herr Wullenweber, mir gefällt das Altstadthaus in Mölln ausgesprochen gut und Herr Sellem und ich sind uns über den Kaufpreis einig. Ihre Provision ist jedoch nicht angemessen, wie kommen Sie eigentlich darauf, eine derart hohe Summe zu fordern?“
„Frau Schreiber, bei Immobilien mit relativ niedrigen Preisen ist es üblich, dass ein Betrag festgesetzt wird - unabhängig von der Höhe des Kaufpreises.“
„Das mag ja sein, aber ich sage Ihnen, dass ich diese Provision in keinem Fall zahlen werde. Ich biete Ihnen die üblichen 5,25 Prozent plus Mehrwertsteuer, ansonsten platzt der Kauf.“
„Ich muss das hier im Büro besprechen, außerdem auch mit Herrn Sellem, er will ja noch weitere Immobilien verkaufen, vielleicht können wir einen Paketpreis vereinbaren. Ich rufe Sie an.“
Wir verabschiedeten uns und ich war äußerst gespannt, wie die Entscheidung ausfallen würde.

Tagelang hörte ich nichts. Ich fragte mich, ob das nur Taktik war oder ob sie wirklich so lange diskutieren und nachdenken mussten. Immer wieder schaute ich mir die Fotos von dem Haus und auch von der Umgebung an, die ich selbst am Tag der

Besichtigung gemacht hatte. Das war wirklich ein sehr schönes Fleckchen Erde. Das Haus hatte nur 50 qm verteilt über drei Etagen, das Grundstück maß ganze 36 Quadratmeter und war damit das kleinste in der Altstadt. Es werden regelmäßig Führungen durch diesen ältesten Teil von Mölln veranstaltet und dieses lediglich drei Meter breite Haus bekommt dadurch ganz besondere Aufmerksamkeit.
Schließlich rief mich der Makler an und ich spürte mein Herz bis zum Hals schlagen. Was würde er mir gleich sagen? Entweder würde ich in Kürze wieder ein Haus kaufen oder ich musste mir die neu lieb gewonnene Gegend erst mal wieder aus dem Kopf schlagen.
Doch er lenkte ein. Vermutlich war ihm bewusst, dass es für die wenige Arbeit, die er sich gemacht hatte, immer noch ein sehr guter Verdienst war. Ich legte ein Viertelprozent drauf und gönnte es ihm, so konnte er einigermaßen sein Gesicht wahren.

Eine Woche später ging ich zum Notar und hatte niemanden aus meinem Umfeld eingeweiht. Abends saß ich mit meinem damaligen Partner vor dem Kamin. Die mitgebrachte Flasche Sekt genoss er mit mir, ohne zu wissen, was es zu Feiern gab – eine interessante Situation. Im Laufe des Abends quatschten wir über Gott und die Welt und waren irgendwann beim Thema Auto, eines seiner Leidenschaften und Lieblingsthemen. Plötzlich grinste er mich an und sagte: „Auf jeden Fall solltest du dir mal ein neues Auto zulegen, bevor du dir noch ein altes Haus kaufst."
Ich verschluckte mich beinahe an meinem Sekt und schmunzelte schweigend.

Im Mittelpunkt: Unsere Gäste

In den letzten 15 Jahren hatten wir ungefähr 3.500 Menschen, 850 Hunde, wesentlich weniger Katzen, zwei Meerschweinchen und einen Papagei zu Gast und dabei viele unterschiedliche Erfahrungen gemacht. Die meisten Urlauber waren zufrieden und mit dem überwiegenden Teil waren wir es ebenfalls. Zahlreiche Gäste konnten wir wiederholt begrüßen.
Es gab überwiegend schöne Momente und große Emotionen, die Ärger und Enttäuschungen in den Schatten stellen und schnell vergessen ließen.

Oftmals bleiben ja die negativen Erinnerungen besser im Gedächtnis als die positiven. Außerdem haben die fiesen Geschichten meist mehr Dramatik zu bieten, nicht umsonst verkaufen sich schlechte Nachrichten viel besser als Gute.

Die schönen Geschichten sind ganz klar in der Überzahl – sonst hätte ich das erste Haus wohl auch nach absehbarer Zeit wieder verkauft statt weitere Objekte hinzuzunehmen.

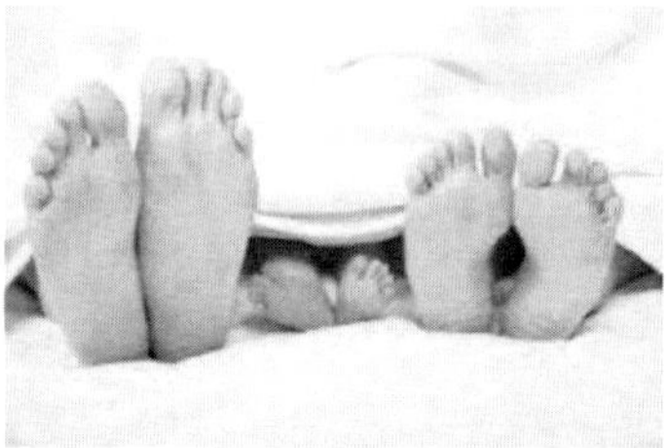

Vor vielen Jahren hatten wir in der kleinen Hälfte der Reetkate Tating ein sehr junges Paar zu Gast. Sie war eine mädchenhafte Frau aus Mitteldeutschland; er ein Italiener, der bereits eine Weile in Deutschland lebte. In der Regel erfahren wir wenig über den Hintergrund und die Familienverhältnisse unserer Gäste, doch mit einigen komme ich in der Phase der Buchung ins Gespräch, manche treffe ich vor Ort. Wieder andere sind per eMail sehr mitteilsam. Die junge Frau gehörte zu eben dieser Gruppe. Sie vertraute mir schriftlich an, dass sie noch gar nicht lange mit ihrem Freund zusammen sei, dies ihr erster gemeinsamer Urlaub sei und sie sich riesig freue und sehr gespannt sei, wie sie sich vertragen würden.

Schließlich reisten sie an und hatten herrliches Sommerwetter. Bereits während des Aufenthaltes schrieb sie mir eine SMS, in der sie mir mitteilte, wie schön das Haus und die Einrichtung seien und dass die beiden eine richtige kuschelige Zeit hatten. Am Tage seien sie viel in der herrlichen Umgebung unterwegs. Nach ihrer Rückkehr schrieb sie mir noch einen ausführlichen Reisebericht und bedankte sich herzlich für den schönen Urlaub. Dann hörte ich lange nichts mehr von ihr.
Da sie auf meine Weihnachtsmail nicht reagiert hatte, war ich umso überraschter, als mich im folgenden Frühjahr ein Brief von ihr erreichte - eine Geburtsanzeige. Glücklich schrieb sie mir, dass sie Mutter eines gesunden Jungen geworden war. Gleichzeitig war sie sicher, dass der Kleine in der Reetkate gezeugt wurde – sooooo gemütlich wie es dort gewesen sei. Und nun wollten sie im nächsten Spätsommer als Familie zurückkehren und ihren romantischen ersten Urlaub „nach-erleben“. Sie kamen noch viele Male wieder, heirateten

schließlich und versorgten mich noch zahlreiche Jahre mit Fotos ihres Sprösslings.

Natürlich sind nicht alle Geschichten so spektakulär, aber auch Kleinigkeiten lösen Freude aus. Wir freuen uns über jedes positive Feedback, das uns bestätigt, auf dem richtigen Weg zu sein.

Eine Säule unserer erfolgreichen Vermietung ist die individuelle Einrichtung unserer Domizile. Wir schaffen ein Zuhause auf Zeit, gemütlich und mit etlichen Extras wie Büchern, Spielen und DVDs eingerichtet. Natürlich gibt es Bilder an den Wänden und weitere Deko, die eine heimelige Atmosphäre schaffen.

Ein weiblicher Gast, die mittlerweile mit Mann und „16 Pfoten" zum Stammgast geworden ist, gab mir nach ihrem ersten Aufenthalt ein Feedback, das mich verwundert hat. Sie schrieb:
„Hallo Frau Schreiber, vielen Dank für den schönen Urlaub in Ihrer urgemütlichen Reetkate. Wir haben uns sehr gefreut, dass wir nicht nur unsere beiden Hunde, sondern auch noch unsere Katzen mitbringen durften. Alle haben sich sehr wohl gefühlt, nur ich hatte damit die ersten Tage Schwierigkeiten, da ich mich anfangs durch Ihre persönliche Einrichtung so fühlte, als würde ich in Ihre Privatsphäre eindringen. Schließlich konnte mein Mann mich davon überzeugen, dass dies überflüssig sei und es war einfach wundervoll, ein so gemütliches Ferienhaus zu haben. Wir kommen bestimmt wieder!"

Wenn auch selten, kommt es durchaus vor, dass wir uns darüber ärgern müssen, in welch schlechtem Zustand wir die Wohnung zurückgegeben bekommen. Dann türmt sich der Müll in Mengen, dass wir uns fragen, wie der in so kurzen Zeiträumen entstehen kann. Gleiches gilt für Schmutz. Wenn man in der Küche oder sogar im Wohnzimmer praktisch am Fußboden festklebt, fragt man sich unwillkürlich, wie diese Gäste wohl zu Hause leben. Wie die Bäder und insbesondere die Toiletten bereits aussahen, möchte ich an dieser Stelle gar nicht weiter beschreiben.
Gleiches gilt für die Mülltrennung - sie gibt es in Deutschland ja bereits seit 1991 - und wird leider von einigen Gästen nach wie vor ignoriert. Sie stopfen einfach alles in die schwarze Tonne. Urlauber, die danach einchecken, werden ihren Müll nicht los - und werden unzufrieden.

Andere Gäste hinterlassen das Haus picobello sauber. Sie putzen, obwohl sie eine Endreinigung bezahlen. Einmal riefen mich Gäste noch während ihrer Rückfahrt an und entschuldigten sich, dass sie den Kamin nicht sauber gemacht hatten, er sei noch warm gewesen.

Auch kleine Geschenke haben wir bereits erhalten - obwohl wir das nun wirklich nicht erwarten. Für die Hausbetreuung ist das eine freundliche Geste, quasi wie ein Trinkgeld.

In der Reetkate Tating stand eine Zeit lang eine kleine Sammlung von Schlümpfen und eines Tages hatten sich zwei dazu gesellt.
Die Reetkate Kragelund ist in der Gegend als das Eulenhaus bekannt. Die Voreigentümer haben die Fensterläden mit Eulen bemalt und auch im Haus stehen zahlreiche Artgenossen. Nun setzen wir diese Tradition fort und ab und zu lassen zufriedene Gäste die Sammlung wachsen.

Ein wunderschönes Geschenk hat mir einmal ein Gast gemacht, der begnadet malen kann. Er drückte seine Zufriedenheit in einem Bild aus, das er von der Kate an der Nordsee malte. Es hat die stattliche Größe von 42 x 55 cm und ziert seit dem in einem edlen Rahmen mein Büro.
Natürlich entstand der Wunsch, auch ein Bild von der zweiten Kate zu besitzen. Dies ist kein Problem, wenn der Maler Auftragsarbeiten annimmt, doch das macht dieser Mann nicht. Er ist bereits im Pensionsalter und malt nur die Motive auf die er Lust hat. Er malt entweder für sich oder verschenkt in seltenen Fällen mal ein Bild - verkaufen lehnt er ab.
Ich hatte jedoch das Glück, dass wir ihn bereits lange kennen und mein Freund hat es ihm schmackhaft gemacht, mir auch von meinem zweiten Haus ein so wunderschönes Bild zu malen.

Daneben gab es weniger schöne Erlebnisse, die uns verwunderten, enttäuschten und auch mal ärgerten. Gleichzeitig kam es leider auch vor, dass wir unseren Gästen Anlass zum Ärger oder zur Enttäuschung gaben – auch das bleibt in 15 Jahren bei aller Mühe und gebotener Sorgfalt nicht aus. Manchmal konnten wir nichts dafür. So ging einmal exakt am Heiligen Abend in einer Haushälfte ein Fernseher kaputt. Interessanterweise waren die vier Urlauber alle bereits erwachsen, so dass die große Aufregung etwas verwunderlich war (das Gerät wurde nicht zur Ablenkung von Kindern vor der Bescherung benötigt). An diesem Abend mussten sie darauf verzichten, aber bis zum folgenden Mittag organisierten wir ein Ersatzgerät.
Schlimmere Auswirkungen für unsere Gäste verursachte der leere Gastank an Silvester. Im ersten Jahr, in dem wir Kragelund vermieteten, war der Tank mit Flüssiggas genau zum Jahreswechsel leer gewesen. In meiner Unerfahrenheit hatte ich geglaubt, es würde ein Meldesystem an die Firma existieren, so dass die nächste Lieferung immer rechtzeitig einträfe, ohne dass ich etwas tun musste. Ausgerechnet an einem Tag vor einem Feiertag verbrauchten wir den letzten Tropfen und die Heizung schaltete sich aus. Zu allem Überfluss herrschte Frost. Ich telefonierte den halben Tag herum, bis ich eine Firma fand, die sehr kurzfristig Gas lieferte. Den Zuschlag zahlte ich gerne, ich war so froh, dass sie überhaupt kamen. Glücklicherweise haben beide Haushälften Kamine. Meine Hausbetreuung versorgte die Gäste mit Feuerholz. Sie nahmen es sportlich und sahen es ein wenig als Abenteuerurlaub. Wir waren erstaunt, dass sie eine Entschädigung ablehnten.

Da haben wir wegen Kleinig- oder Nichtigkeiten ganz andere Reaktionen erfahren. Bei einigen wenigen Menschen hat sich eine Mentalität breitgemacht, die uns die Haare zu Berge stehen lässt, auch wenn wir nur selten damit konfrontiert werden. Es gibt leider auch Ferienhausgäste, für die der Sparwahn so verlockend ist, dass sie nicht nur bei der Buchung zur Schnäppchenjagd führt, sondern vor Ort wird regelrecht

danach gesucht, was den Preis im Nachhinein drücken könnte. Die Kreativität kennt dabei kaum Grenzen.
Da wird aus ein paar trockenen Zweigen an alten Tannen oder einem Meer aus Gänseblümchen ein ungepflegter Garten, der Anlass zur Rückzahlung eines bestimmten Teils der Miete werden soll. Letzterer Fall war besonders kurios. Wie die Gänseblümchen vermuten lassen, passierte diese Geschichte im Sommer. An diesem Samstag machte herrliches Wetter einfach gute Laune.
Nachmittags bekam ich einen Anruf von meiner Hausbetreuung, die die angereisten Gäste in Empfang genommen hatte und mich vorwarnen wollte.
„Herr Westphal ist nicht zufrieden, er hat sich furchtbar über den Garten aufgeregt. Er findet, dass er total ungepflegt ist und hat damit gedroht, zu der Tourismusinformation in Kappeln zu fahren und sich dort zu beschweren."
„Aha! Und was ist mit dem Garten? War der Gärtner nicht da?"
„Doch er hat Anfang der Woche den Rasen gemäht."
„Und sonst? Wie sieht es sonst aus?"
„Wie immer."
Das war nicht gerade hilfreich. Da das Segelboot meines damaligen Partners seinen Heimathafen in Kappeln hatte und wir es an dem Wochenende lediglich als Hausboot nutzten, sagte ich ihr zu, mal eben nach Kragi zu fahren, um mir selbst ein Bild zu machen.
Auf der Fahrt malte ich im Geiste alle möglichen Bilder des Gartens mit fortschreitender Verwahrlosung aus. Ungeduldig fuhr ich die vertraute Strecke, die zwanzig Minuten schienen an diesem Tag kein Ende zu nehmen.
Dort angekommen, sah ich auf einen Blick, dass ich es mit einem Fall abstruser Erwartungen zu tun hatte. Der Garten sah wunderschön aus. Es war ein Meer aus Gänseblümchen, die Bereiche rund um den Rasen machten einen gepflegten Eindruck. Was war das Problem?
Ich klopfte bei dem Gast, doch er war nicht im Haus. Was für ein Glück, dass ich in der Nähe war - in Hamburg hätte ich mir das ganze Wochenende und darüber hinaus Sorgen gemacht.

Ich schoss eine Reihe Fotos - nur für alle Fälle - und fuhr wieder zurück nach Kappeln.
Interessanterweise ließ dieser Gast die Wellen hoch schlagen, doch er forderte nichts – ich hatte fest damit gerechnet, dass er diesen Aufwand betrieb, um Geld zurückzubekommen.
Zehn Tage später rief mich ein Mitarbeiter der Tourismusinfo Kappeln an und fragte mich, was mit dem Gast namens Westphal los sei, er bombardiere ihn mit unzufriedenen Schreiben, aber er fordere nichts. Er wisse nicht, was er damit machen sollte.
Wir einigten uns darauf, dass ich mich darum kümmern und er die Briefe entsorgen würde.

Daneben gibt es kleinere und größere Ärgernisse und sehr selten sogar Beschädigungen.

Abenteuerlich wird es, wenn die Gäste beginnen, selbst Baumaßnahmen durchzuführen. Einmal hatten wir Lattenholz hinter dem Ecksofa in der kleinen Hälfte in Tating gelagert, damit es nicht feucht wird und sich verzieht - ein kleiner Rest von drei langen Hölzern. Wir hatten damals noch die alte Stiege zu dem Schlafboden. Da die Gäste der Ansicht waren, dass das Geländer nicht ausreichend war, zimmerten sie kurzerhand aus diesem Holz ein zusätzliches an die Treppe - leider waren sie nicht gerade Künstler mit Holz.

Einmal hatten wir Gäste, denen auch die große Hälfte nicht groß genug war:
In den ersten Jahren habe ich das kleine Zimmer hinten nicht vermietet, sondern mir dort ein kleines Arbeitszimmer eingerichtet. Es beinhaltete nicht nur einen Schreibtisch, sondern eine kleine Büroausstattung inklusive Telefonanschluss.
Eines Tages musste meine Betreuung bei Abreise der Gäste feststellen, dass dieses Zimmer aufgebrochen war. Es fehlte zwar nichts und das Telefon war nicht benutzt worden – im Jahr 2000 gab es noch keine Flatrate, sondern nutzungs-

abhängige Gebühren – aber es blieb doch ein ungutes Gefühl zurück. Erstaunlicherweise hat genau dieser Gast ein paar Jahre später die Traute gehabt, mich mit einem Buchungswunsch noch einmal anzurufen. Aufgrund seines außergewöhnlichen Namens und meines guten Gedächtnisses kam mir bereits während des Telefonates der Verdacht, dass es sich um diesen Gast handelte. Ich öffnete parallel zu dem Gespräch die Mietvertragsdatei und erkannte, dass ich richtig lag. Im folgenden Gespräch suggerierte ich ihm, von einer weiteren Buchung Abstand zu nehmen, ohne ihn auf den Einbruch anzusprechen.

Chronik des Eulenhauses

Das Eulenhaus
Die Reetdachkate

Als Heinrich Vierck, geboren 1854, Sohn des Kätners und Gastwirts Carl Vierck in Schrepperie, die Enkelin des Schmieds und Kätners Hans Lausen bei Arrild heiratete, erbte er das Land ihres Großvaters und baute 1875 an der Weggabelung nach Spannbrück ein Wohn- und Wirtschaftsgebäude.

Heinrich Vierck
1854 Schrepperie
1. Ehe
Marie Jürgensen
1840 bey Arrild
2. Ehe
Heyduck Hansen
Maryland

1920 verkaufte er die Heimat seiner Frau an Johannes Genske. Die Kate an Christian Albrecht Nissen, Arrild, der sie als Werkwohnung benutzte. Das Land verkaufte er an Hans Gregersen, August Marxen und Theo Nissen.

Herr **Erhard Freitag**, hat das Haus am 10. Juli 1971 gekauft.

Besitzerin ab 2001
Stefanie Schreiber
1966 Hamburg/Schenefeld

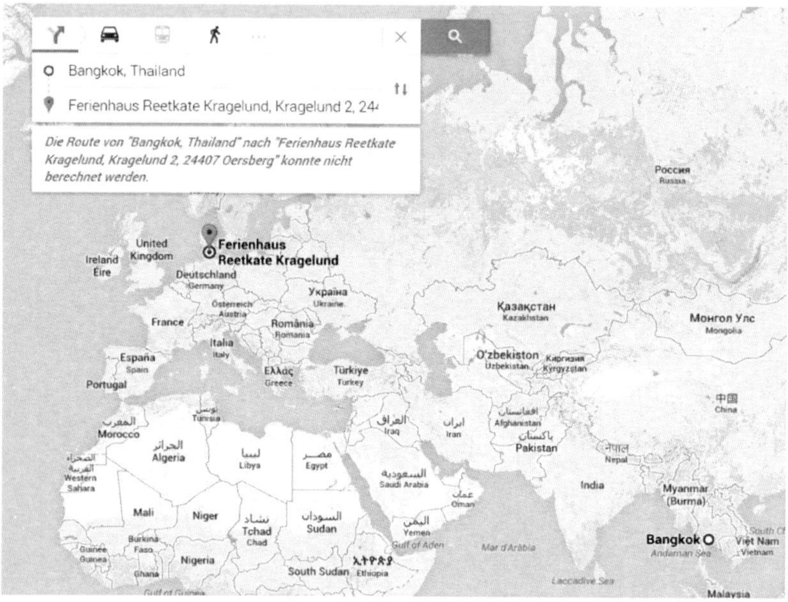

Kulturschock Kragi

Wir freuen uns immer, wenn wir Gäste aus dem Ausland begrüßen dürfen. Oftmals sind besondere Geschichten damit verbunden und natürlich sind wir froh und auch ein bisschen stolz, dass sich Menschen aus anderen Ländern für unsere Heimat interessieren und sie kennen lernen wollen.

Meistens kommen diese Gäste aus unseren Nachbarländern, oftmals hatten wir schon Urlauber aus der Schweiz – ihnen bietet unser schöner, eher flacher Norden einen großen Kontrast. Obwohl sie bis zu unseren Küsten in Schleswig-Holstein mindestens 1000 Kilometer zurücklegen müssen, kommen sie mit der ganzen Familie und bringen auch gerne einen Hund mit.

Einmal gab es eine Buchung aus Schweden. Vier Erwachsene wurden durch eine Hundeausstellung in Rendsburg in unserer Land gelockt und wollten ihre eigenen Tiere dort ausstellen.
Sie kamen in einem Toyota Corolla - zu viert mit fünf kleinen Hunden.

Auch aus Dänemark, den Niederlanden und sogar den USA sind Menschen zu uns gekommen und haben ihren Urlaub in unseren Ferienhäusern verbracht. Aus den USA kam eine Frau, die in Kappeln und Umgebung aufgewachsen ist und die Orte ihrer Kindheit ihren Töchtern zeigen wollte.

Und dann eines Tages bekam ich eine Anfrage per eMail aus Bangkok. Wie aufregend!
Sie kam von einem Deutschen, der in Thailand lebte, er wollte mit drei weiteren Personen zwei Wochen in Kragelund verbringen.
An dieser Stelle möchte ich ausführen: Kragelund ist ein kleines Dorf mit neun Häusern. Es liegt in einer Entfernung von acht Kilometern zu Kappeln im Angelner Hügelland und es gibt dort außerdem: nichts.
Nur einen Kilometer weiter befindet sich das nächste Dorf, das so groß ist, dass es immerhin über eine Tankstelle mit Shop, einen Postkasten und mehrere Recycling-Container verfügt.
Nun wollten Menschen aus der fernen exotischen Metropole Bangkok nach Kragelund kommen.
Spannend!
Ich hatte einen überaus freundlichen eMail-Austausch mit dem Gast. Abschließend zu seiner Buchung schrieb er mir:
„Und nun sorgen Sie bitte für sommerliches, gutes Wetter - ansonsten werden wir ganz furchtbar frieren!“
Ich versprach ihm mein Möglichstes zu tun.

Die Wochen vergingen und der Sommer nahte. Da kam wieder eine Nachricht aus der Ferne.
„Hallo Frau Schreiber, ich habe eine Frage zur Ankunft in Ihrem schönen Haus: Unsere Flugdaten haben sich leicht

geändert und ich wollte vorsichtig anfragen, ob wir vielleicht etwas früher einchecken können. Wir werden um 10 Uhr in Hamburg landen und dann dort einen Leihwagen nehmen und nach Kragelund fahren. Im Anschluss werden wir sicherlich von der langen Reise erschöpft sein.
Meinen Sie, dass wir gegen 12 Uhr schon in das Haus können?
Ich bedanke mich im Voraus für Ihre Bemühungen."

Wow! Von Bangkok direkt nach Kragelund! Extremer geht es wohl nicht.
Ich kann nicht genau sagen, wie ich darauf gekommen bin, aber ich hatte gedacht, dass die Gäste erst Verwandte in Deutschland besuchen und dann allmählich und gemütlich in den Norden fahren würden.

Der Gast kam mit seiner tailändischen Frau und deren Eltern und alle waren entzückt von der Reetkate Kragelund, dem schönen Garten mit Rosen und Teich. Fasziniert haben sie Brennnesseln kennen gelernt und ihren Aufenthalt sehr genossen.
So sehr, dass sie ein paar Jahre später wieder kamen und dann sogar auch noch nach Tating an die Nordseeküste weiter gefahren sind.

Aus Dankbarkeit für das besondere Erlebnis ließen sie Geschenke für meine Hausbetreuung da - wir werden sie nicht vergessen.

Mr. Bassey comes early

An jenem ereignisreichen Wochenende hatte meine Hausbetreuung frei. Das ist im Sommer selten der Fall, doch sie war zu einem Klassentreffen eingeladen, das 600 Kilometer entfernt stattfand. Natürlich stimmte ich ihrem Anliegen zu, obwohl wir keine Vertretung hatten.
Ich fuhr also selbst an die Schlei, um das Haus für die Gäste vorzubereiten. Wir würden in beiden Hälften Bettenwechsel haben, aber ich hatte Glück, denn ich hatte bezüglich der Anreise eine Ausnahme gewährt. Normalerweise ist diese in den Sommerferien lediglich samstags möglich, doch es sollten Urlauber aus England kommen und irgendwie kam es mit den Zeiten der Fähre nicht anders hin. Also hatte ich einer Buchung ab Sonntag zugestimmt.

Pünktlich um zehn Uhr stand ich auf der Matte und verabschiedete alle Gäste, die sich erholt und zufrieden auf den Heimweg machten.
Ich wirbelte durch das Haus, machte es besonders gründlich sauber und war um zwanzig vor drei fertig - im doppelten Sinne.

Um fünfzehn Uhr kamen die Gäste. Ich zeigte ihnen alles und dann hatte ich frei.
Herrlich!
Ich plante mir einen Milchkaffee zu kochen und ihn in Ruhe genießen, bevor ich an den Strand fuhr, um einen schönen Spaziergang zu machen. Dafür hatte ich immer noch Energie, abschließend wollte ich den Abend im Hafen von Kappeln in einem Fischrestaurant mit einem Glas Rotwein verbringen.
Das hatte ich mir verdient.

Gerade hatte ich die Füße hochgelegt und einen kräftigen Schluck aus meiner großen Tasse genommen, da klopfte es unten an der Haustür.
Puh, eigentlich war mir mehr nach einer Pause zumute. Die Gäste von nebenan hatten wohl noch ein Anliegen. Ich hoffte, dass ich es schnell erledigen könnte.
Ich setzte ein Lächeln auf und öffnete die Tür. Davor standen nicht die heute angekommenen Gäste, sondern mir unbekannte Menschen.
„Guten Tag." Mehr brachte ich nicht hinaus.
„Hi..., Mrs. Wiesner?"
Noch fiel der Groschen bei mir nicht.
„Nein." Zur Bekräftigung schüttelte ich den Kopf.
Das schien den Mann vor meiner Tür nicht zu irritieren:
„Stefanie?"
Da fiel der Groschen. Ich nickte.
Normalerweise bin ich nicht auf den Mund gefallen, aber schnell wurde mir klar, welche Konsequenzen diese Ankunft für mich hatte.
„Hi Stefanie, I´m Thomas Bassey. Oh, sorry, das ist mein family. Das ist ein wundervoll Platz hier und ein lovely cottage, ähm Landhaus."
Mittlerweile hatte ich meine Fassung wieder gefunden.
„Hi, welcome – willkommen! Hhm, ehrlich gesagt dachte ich, dass Sie erst morgen kommen würden."
„Morgen?"
„Ja, morgen – tomorrow!"

„Why tomorrow?“
„Warum morgen?“ Ich hatte meinen Humor wiedergefunden. „Naja, weil Sie erst ab morgen gebucht haben.“
Seine Frau und seine Tochter standen daneben und wussten nicht, worum es ging, weil sie überhaupt kein Deutsch sprachen. Mr. Bassey runzelte die Stirn, kramte dann in seiner Tasche, um den Mietvertrag hervorzuholen.
„Here, our holiday in this cottage start on 20th july.“ Nun nickte Mrs. Bassey.
“Ja...,” ich lächelte wieder, „und das ist morgen.“ Um die Familie auch mit einzubeziehen, wiederholte ich es auf Englisch.
„Nein, unmöglich!“, rief Mr. Bassey aus. Alle drei schüttelten den Kopf blickten erst sich an und danach mich.
Wir standen immer noch im Türrahmen und meine Gedanken überschlugen sich. Ich hatte die Haushälfte in herrliche Unordnung versetzt, es war Hochsommer und sie würden kein Zimmer bekommen, schon gar nicht für eine Nacht – und ich würde mindestens drei Stunden für die Reinigung brauchen – Fenster putzen würde aufgrund der Umstände ausfallen.
Mittlerweile hatte Mrs. Bassey ihr Handy aus der Tasche geholt und wollte mir zeigen, dass wir den 20. Juli hatten. Sie blickte auf das Display.
„Oh!“ Sie wandte sich an ihrem Mann.
„Look – she is right.... Oh my god!“
Sie hielt ihm das Mobiltelefon vor das Gesicht.
Bestürzt musste er feststellen, dass er im Irrtum war.
„Oh, sorry – Stefanie, we are so sorry. Was können wir nun tun? Werden wir ein anderes Zimmer für diese eine night bekommen?“
Ich schüttelte den Kopf. „Nein, ich fürchte nicht. Hhm, kommen Sie erst einmal herein, aber nicht erschrecken, es ist unordentlich.“ Ich versuchte, so gelassen wie möglich zu sein. „Come in,“ wandte ich mich an Mrs. Bassey und ihre Tochter, „and have a look – but it is not in order yet.“
Die Familie folgte mir und war trotz der Unordnung ganz aus dem Häuschen wegen der Gemütlichkeit des ‚cottages’.

„Also, ein anderes Quartier werden Sie für eine Nacht nicht finden, ich mache Ihnen einen Vorschlag. Sie fahren jetzt an den Strand oder nach Kappeln und ich bereite Ihnen das Haus vor. Ich werde mich beeilen, aber drei Stunden werde ich brauchen. Ich empfehle Ihnen den Stand von Olpenitz, dort können Sie spazieren oder baden. Außerdem gibt es dort auch ein Restaurant direkt auf dem Strand, dort können Sie Tee trinken und Kuchen essen."
Mr. Bassey übersetzte seinen Damen meinen Vorschlag und alle nickten zustimmend.

Drei Stunden später waren sie wieder da, das Haus strahlte vor Sauberkeit und alle drei waren restlos begeistert. Sie bezahlten die eine Nacht nach und hatten mir zum Dank einen wunderschönen Strauß Blumen mitgebracht.
Sie verbrachten einen großartigen Urlaub und kamen ein paar Jahre später noch einmal wieder - am „richtigen" Tag.

Tierische Gäste

Dass unsere Gäste ihre Haustiere mit in ihren Urlaub nehmen dürfen, ist eines unserer Erfolgsrezepte. Meist sind dies Hunde in allen Größen und in unterschiedlicher Rudelgröße. Manchmal werden diese Rudel durch Katzen verstärkt oder die Stubentiger kommen ohne Verstärkung. Auch unsere Samtpfoten haben wir zu Reisekatzen gemacht und entgegen der weit verbreiteten Meinung, dass diese Spezies Reviertiere sind, haben wir andere Erfahrungen gemacht. Sie reisen immer gerne mit, sind ganz aufgeregt, wenn wir ankommen und begrüßen die bekannte Umgebung. Aufpassen müssen wir, wenn die Packerei für die Rückfahrt beginnt. Wenn die Kater dann ausbüxen, kommen sie oft stundenlang nicht wieder. Etliche Male haben wir auf gepackten Koffern gesessen und die Racker haben eine Tour gemacht. Das kann die halbe Nacht dauern und den Antritt der Heimreise extrem verzögern.

Daneben waren auch außergewöhnlichere Tiere zu Gast in unseren Ferienhäusern. In Kragelund hatten wir einmal Meerschweinchen. Die Urlauber hatten sehr höflich angefragt und versichert, dass die Tiere im Käfig bleiben und keinen Schaden anrichten würden. Nichts sprach dagegen. Zufällig war ich in dieser Zeit ebenfalls vor Ort und klopfte, um die Gäste willkommen zu heißen und zu fragen, ob alles zu ihrer Zufriedenheit sei.
Die Tür öffnete sich und eine äußerst attraktive, groß gewachsene Frau Ende Dreißig öffnete die Tür. Ich hatte mich noch nicht ganz vorgestellt, da rief sie aus:
„Oh, die Chefin!“, und zerrte mich quasi in die Wohnung hinein.
„Das ist ja eine Überraschung“, sie war ganz außer sich vor Freude und Begeisterung. „Dürfen wir Ihnen einen Kaffee anbieten? Das ist Henri, mein Mann.“
Henri war ein unscheinbarer Mann Mitte Fünfzig, der mindestens einen Kopf kleiner war als seine extrovertierte Frau. Er schmunzelte und freute sich ganz offensichtlich über die Energie seiner besseren Hälfte. Seine äußerlich schlichte Erscheinung machte er mit einer selbstbewussten und in sich ruhenden Ausstrahlung wett. Seine Augen schauten freundlich in die Welt.
„Guten Tag Frau Schreiber! Meine Frau wird Sie auf keinen Fall ohne eine Tasse Kaffee und ein Stück von ihrem sagenhaften Kuchen aus dem Haus lassen. Ich hoffe, Sie haben so viel Zeit mitgebracht.“
Als ich nickte, kündigte er an, Kaffee zu kochen. Sie packte meinen Ärmel.
„Kommen Sie, ich mache Sie mit Ernie und Bert bekannt.“
Noch bevor ich weiter darüber nachdenken konnte, zog sie mich zu dem Meerschweinchenkäfig und zeigte mir stolz ihre pelzigen Begleiter.

Danach verbrachten wir eine angenehme Stunde bei Kaffee und schmackhaften Kuchen - für mich immer ein seltsames Gefühl Gast im eigenen Haus zu sein.

Ein anderes Mal kam ein Papagei mit seiner Dame. Auch hier war wieder eine sehr höfliche Anfrage vorausgegangen, weil es wohl Gastgeber gab, die Lärm befürchteten. Ich hielt es für unwahrscheinlich, dass der Papagei lauter sein würde als ein bellender Hund und sagte zu.
Es ergab sich ein sehr freundlicher eMail-Austausch und die Dame war absolut zufrieden mit dem Domizil. Die kleine Kate und die wunderbare Umgebung gaben ihr nach einem schweren Jahr neuen Lebensmut und sie buchte noch während des Urlaubs ihren Aufenthalt für das folgende Jahr.

Außerdem haben wir immer wieder tierische Gäste, die ohne menschliche Begleitung kommen. Darunter gibt es jene, die willkommen sind und jene, auf die wir gerne verzichten.
Zu der ersten Gruppe gehören ein Reh, das uns im Garten in Kragi besucht und ein Entenpaar, das auf dem Teich wohnt und jedes Jahr eine kleine Schar Nachkommen großzieht.
Die Mäuse tolerieren wir draußen – die Katzen sorgen dafür, dass es nicht zu viele werden. Im Haus sind sie natürlich unerwünscht, doch bei jeder Sanierungsmaßnahme entdeckten wir, dass sie auch Wege hinein fanden. Die Maulwürfe bleiben glücklicherweise draußen, haben den Garten in Kragelund aber auch schon in eine wahre Buckelpiste verwandelt – tiefgefroren im Winter.

Rohrbruch

Das Jahr war aufregend gewesen, geschäftlich erfolgreich - dadurch jedoch auch arbeitsintensiv. Ich war froh, dass es vorbei war. Am 23. Dezember war mein Schreibtisch glatt. Froh, diesen Tag frei zu haben und letzte Besorgungen für Weihnachten machen zu können, schlief ich bis halb neun und frühstückte in Ruhe und gemütlich mit meiner Zeitung. Um zehn ging ich duschen und freute mich auf den Tag.
Lächelnd wanderte ich im Bademantel durch meine Wohnung, als mein Mobiltelefon klingelte.
„Hallo Frau Wiesner!"
Es war meine Hausbetreuung, sie wollte mir wohl noch schöne Feiertage wünschen, dachte ich...
„Frau Schreiber, hier ist alles nass, es schwimmt mir aus dem Haus entgegen.... Es regnet durch die Decke, alles ist nass – oh

Gott! Was soll ich bloß machen....? Es ist alles nass und es wird immer mehr. Oh Gott!..."
Gefühlt drei Minuten dauerte der Redeschwall der aufgeregten Frau, ich kam gar nicht dazwischen.
„Frau Wiesner..."

„Es fließt durch die Decke und durch das Haus bis zur Tür. Als ich die Tür aufgemacht habe, kam mir ein Wasserschwall entgegen. Oh, mein Gott."
„Frau Wiesner – hallo Frau Wiesner – atmen Sie tief durch! Ich verstehe nur Wasser."
„Es wird immer noch mehr. Was soll ich bloß machen?"
„Hören Sie erst einmal zu - beruhigen Sie sich, es gibt für alles eine Lösung!"
Ich musste selbst erst einmal tief durchatmen. Was hatte das zu bedeuten? Mein erster Gedanke galt dem Hauptwasserhahn.
„Sie müssen die Wasserversorgung abschalten. Der Hauptwasserhahn ist hinter dem Haus in dem Schacht. Klettern Sie in den Schacht und drehen Sie ihn aus!"

„Nein.... Das kann ich nicht! Ich habe Platzangst, ich kann das nicht!“
„Frau Wiesner, beruhigen Sie sich! Sind Sie alleine dort oder begleitet Sie jemand?“
„Meine Tochter ist auch hier.“
„Gut, eine von Ihnen muss den Hauptwasserhahn zudrehen. Es geht um Schadensbegrenzung. Ich kann frühestens in zweieinhalb Stunden bei Ihnen sein. Sie müssen die weitere Zufuhr des Wassers stoppen. Bitte!“
„Okay...“
„Gehen Sie jetzt nach hinten zu dem Schacht. Ich bleibe solange am Apparat. Wenn der Hahn zu ist, schauen Sie bitte, ob sich der Wasserfluss verlangsamt.“
„Okay....“
„Sie schaffen das.“
„Okay.“
Als sie sich nach zwanzig Minuten wieder meldete, konnte sie den ersten Erfolg melden, damit war sie selbst ruhiger geworden.
„Also, das Wichtigste ist jetzt Schadensbegrenzung. Bringen Sie bitte alle beweglichen Dinge ins Trockene und nehmen Sie das Wasser auf. Ich weiß, das ist viel verlangt.“
Wir hatten Frost, es war eiskalt im Haus und natürlich war auch das Wasser eisig.
„Ich setze mich gleich ins Auto. Halten Sie durch! Ich muss einige Telefonate führen, bin aber erreichbar. Sprechen Sie mir auf die Mailbox, wenn sich etwas Neues ergibt, ich rufe Sie dann schnellstmöglich zurück.“
„Okay.“ Viel mehr konnte sie offensichtlich nicht sagen, aber es sollte sich herausstellen, dass sie einen großartigen Job vor Ort machte. Eine Frau, die absolut krisenfest war.

Ich zog mich in Windeseile an und überlegte kurz, ob ich ins Büro fahren sollte, um die Versicherungsunterlagen zu holen, entschied mich jedoch dagegen. Das dauerte zu lange. Ich würde es schon telefonisch herausfinden, an wen ich mich wenden sollte.

Zumindest für den Anfang stimmte das.
Die Gesamtabwicklung gestaltete sich später mühsam, doch das wusste ich zu diesem Zeitpunkt noch nicht. Es war auch so schon ernüchternd genug. Ich hatte mich sehr auf meine freien Tage gefreut. Ich hatte sogar mutig ein Date vereinbart. Tja, daraus würde wohl nichts werden.
Frohe Weihnachten!

Nach halber Strecke hatte ich meinen Versicherungsmakler und darauf die Versicherung selbst erreicht. Da sie Fotos wollten - es würde an dem Tag niemand persönlich erscheinen - telefonierte ich noch einmal mit meiner Hausbetreuung und bat sie, diese zu machen. Sie hatte lediglich ein Handy, so erhielten wir ein paar unscharfe Schnappschüsse zur Erinnerung. Ich bekam außerdem die Telefonnummer einer Trocknungsfirma, die mir im nächsten Gespräch einige Tipps für Sofortmaßnahmen gab und ebenfalls sagte, dass sie erst nach Weihnachten kommen würden, um ihre Geräte aufzustellen. Mein Klempner versprach, so schnell wie möglich aufzutauchen, um die Rohre zu überprüfen und die Bruchstellen möglichst zu beseitigen.
Mein Akku neigte sich dem Ende zu.
Mist, wo war mein Ladegerät für das Auto?
Ich rief mein Date an und hoffte, dass der Akku durchhielt und auf Verständnis.
„Hallo, hier ist Thomas."
„Hallo Thomas, hier ist Steffi. Ich habe schlechte Nachrichten."
„Du willst absagen?"
Seine Direktheit traf mich mit voller Wucht und für einen Moment war ich sprachlos.
„Hhm... naja, also ich weiß es nicht genau.... Ich bin gerade auf dem Weg zu einem Notfall und ich kann noch nicht sagen, wann ich wieder zurück sein werde."
„Aha."
Ich spürte Gereiztheit in mir aufsteigen. Mein Tag war eh schon versaut und der Schaden vor Ort noch nicht absehbar. Stress mit einem Unbekannten war das Letzte, was ich jetzt noch brauchte.

„Ein Notfall? Du arbeitest doch im Büro – was kann es denn da einen Tag vor Weihnachten für einen Notfall geben?"
Er wusste eben nichts von mir. Und wenn er weiter den Unsensiblen gab, würde sich daran auch nichts ändern.
„Ich habe ein Ferienhaus an der Ostsee, da gibt es ein Problem, um das ich mich vor Ort kümmern muss. Ich bin jetzt auf dem Weg dahin."
„Aha."
Mein Akku piepte.
Am liebsten hätte ich einfach aufgelegt.
„Hast du keine Angestellten, die sich darum kümmern können?"
Der Wunsch aufzulegen und einfach aus seinem Leben zu verschwinden wurde größer, doch ich dachte an meine gute Erziehung.
„Ich möchte mir gern selbst ein Bild machen und meine Angestellte vor Ort unterstützen."
„Aha."
Er zerrte an meinen Nerven.
Der Akku piepte noch einmal und dann war mein Handy tot.
Verdammt, ich hatte meine letzte Kapazität an den Verständnislosen verschwendet. Komisch bei unseren bisherigen Telefonaten hatte er einen einfühlsameren Eindruck gemacht.
Egal, es gab jetzt Wichtigeres. Sollte er darüber nachdenken, ob ich einfach aufgelegt hatte. Für ihn erreichbar war ich auch nicht, da ich das Prepaid-Handy, das ich zum Daten benutzte, nicht eingepackt hatte. Mein Kumpel hatte mir eine Standpauke gehalten, als er hörte, dass ich jedem Unbekannten über meine Mobilnummer meine Identität preisgab.
In Kappeln angekommen, besorgte ich mir ein Handy-Ladekabel fürs Auto und fuhr anschließend zu meinem Haus.

Es war erschütternd. Oben im Wohnzimmer hatte es mehrere Brüche in der Leitung gegeben und es war eine Menge Wasser durch das Haus gelaufen. Durch die Holzdecke war es in die

unteren Räume gelangt und hatte auch die zweite Haus-hälfte in Mitleidenschaft gezogen.
Der Schaden war noch nicht abzusehen.

Der Klempner reparierte die Rohre jedoch bereits am selben Tag und so konnten wir der Nässe schon mal mit Wärme begegnen. Frau Wiesner kämpfte insgesamt sechs Stunden in der eisigen Kälte, nahm das Wasser auf und versuchte das Haus so trocken wie möglich zu bekommen.
Trotzdem war es natürlich unbewohnbar und ich musste meinen Gästen, die das neue Jahr in Kragelund begrüßen wollten, absagen.

Mein Date platzte, eine zweite Chance gab er mir nicht und mir kam es nicht so vor, als hätte ich mein Glück verpasst.
Das Weihnachtsfest verlief ruhig und besinnlich, aber gleich danach ging die Arbeit wieder richtig los. Dazu gehörten der Kampf mit der Versicherung und die Wiederherstellung des Hauses. Vier Räume waren betroffen.

Gartenarbeit extrem

Da die Grundstücke in Tating und Kragelund jeweils ungefähr 2000 Quadratmeter umfassen, ist die Gartenarbeit dann und wann eine echte Herausforderung. Für das Laufende wie Rasen mähen, Hecke schneiden und das Unkraut in Schach halten, gibt es einen Gärtner - doch da sich unsere Zeit vor Ort in der Regel auf das Winterhalbjahr beschränkt, kommen wir nicht umhin, größere Aktionen zu organisieren.

Eine - wie ich finde - sehr nette Geschichte begab sich kurz nachdem ich die kleine Reetkate in Tating gekauft hatte. Der Pflegezustand des Grundstücks ließ zu wünschen übrig. Der Boden auf Eiderstedt ist unglaublich fruchtbar, so dass die Brombeeren mehrere Meter lang wuchsen und ich den Unterschied zwischen der großen und der kleinen Brennnessel lernte. Da die große Hälfte mit Kamin und Vollbad mehr Komfort bietet, hatte ich die Wochenenden des ersten Winters überwiegend dort verbracht. Dann ging meine erste

Sommersaison los und ich hatte eine Buchungslücke in der kleinen Hälfte, die ich nutzte, um den Garten auf Vordermann zu bringen - so wie es auch meine Nachbarn taten.
Der Junge von nebenan muss zu dieser Zeit sechs oder sieben Jahre alt gewesen sein und half seinem Vater schon fleißig bei der Beseitigung des Unkrautes - auch vor deren sehr gepflegten Garten machte die eine oder andere Brennnessel nicht halt.
An diesem Nachmittag machte ich gerade eine Kaffeepause im Haus, als ich aus den Augenwinkeln sah, wie etwas vom Nachbarsgrundstück über den Zaun flog. Erst dachte ich, das sei vielleicht ein Vogel, doch beim näheren Hinsehen stellte sich heraus, dass Lasse sich völlig unbeobachtet fühlte und munter sein gerade gezupftes Unkraut über den Zaun in meinen Garten entsorgte. (Aus der kleinen Hälfte hatte ich ihn direkt im Blick und er vermutete mich dort nicht.)
Ich musste unwillkürlich schmunzeln und dachte: „So ein Schlingel, dem werde ich jetzt mal einen Schrecken einjagen!“
Eine Weile beobachtete ich, wie weiterhin der Gartenmüll über den Zaun in meine Richtung flog. Langsam ging ich zu ihm und verzog keine Miene.
„Lasse, was machst du denn da?“
Er war so vertieft und konzentriert, dass er zusammenschrak, als ich ihn ansprach.
„Ich... wieso?“
„Ich habe dich beobachtet, du schmeißt das Unkraut aus eurem Garten auf meine Seite des Zaunes.“
Er wurde rot und fühlte sich ertappt.
„Wenn du damit nicht aufhörst, werde ich es genauso machen und ich habe hier viel mehr Unkraut als ihr da drüben.“ Ehrfürchtig schaute er mich an und nahm jedes Wort ernst.
„Okay, ich mach’s auch nicht wieder.“
Jetzt tat er mir doch leid und ich kam mir wie der böse Kinderschreck vor. Ich lächelte also erst mal, was ihn schon sichtlich entspannte, dann machte ich ihm einen Vorschlag:
„Lasse, was hältst du davon, mit einem Eimer hier rüber zu kommen und das Unkraut wieder einzusammeln“ - so viel

erzieherische Maßnahme musste sein – „und wenn du damit fertig bist, essen wir zusammen ein Eis.“
Nun konnte er wieder strahlen.

Das Haus und die Buchenhecke in Kragelund ca. 1920 und 2013

Hinter dem Haus in Kragelund steht eine uralte Buchenhecke, die wir normalerweise auf einer Höhe von ungefähr zwei Metern halten. Eine Nachbarin schenkte mir vor Jahren das Foto, das das Haus und die Hecke um 1920 zeigt.
Durch verschiedene Umstände war in jenem Jahr das Schneiden versäumt worden, so dass sie ungefähr auf die doppelte Höhe angewachsen war. Meine Eltern waren vor Ort und mein Gärtner kam und wir wollten die Hecke mit vereinten Kräften wieder in Form bringen und den erheblichen Abschnitt beseitigen. Da sie eine Breite von über einem Meter aufweist, lag bald die ganze Stichstraße voll.
Mein Vater übernahm den Abtransport und rollte den Gartenmüll zu einem Winkel des großen Grundstücks, in dem er erst einmal gesammelt wurde. Mein Vater ist ein Bewegungsmensch, der nicht lange still sitzen kann, trotzdem lebt er unter anderem das Credo „Pausen sind das Schönste". Er ließ also die Schubkarre nach einer Weile neben der Gartenpforte stehen und ging ins Haus, um einen Kaffee zu trinken und sich ein wenig zu stärken.
Kaum war er verschwunden, kam mein Nachbar, ein Landwirt, mit seinem Radlader des Weges entlang. Anerkennend begutachtete er den Schnitt der Hecke, der so gut wie fertig war, und schmunzelnd die Haufen auf der Straße.
„Brauchst ihr das hier noch? Oder soll ich da mal mit der Schaufel längst fahren?", fragte er grinsend.
Hatten wir mal wieder ein Glück! Das sparte uns den halben Nachmittag Arbeit und wir waren den ganzen „Kram" gleich los. Ich strahlte ihn an: „Du hast was gut bei mir."
Er fuhr einmal an der Hecke entlang und alles war auf einmal weg, sodass wir nur noch die Straße fegen mussten.
Das Beste an dieser Aktion war jedoch der Blick meines Vaters, der nach nicht einmal zwanzig Minuten wieder um die Ecke kam - voller Motivation und Tatendrang, mit geleerter Schubkarre - blieb er plötzlich wie angewurzelt stehen und traute seinen Augen nicht.

Feiern nach Kragi Art

Pünktlich zu Ostern waren wir fertig mit der Erneuerung des Dachausbaus. Es sah einfach großartig aus und wir waren stolz auf unsere Leistung.
Nach all den Monaten Arbeit - fünf um genau zu sein - in denen wir nur wenig Privatleben hatten, freuten wir uns auf eine Feier, das Osterfeuer des Dorfes. Traditionell wurde es auf dem Grundstück meines Nachbarn abgehalten. Es war ein Platz, der sonst weitgehend ungenutzt war. Dort hatten alle Nachbarn

bereits den Winter über fleißig Äste, Zweige und Buschwerk gesammelt – wir hatten ebenfalls einiges beigetragen.
Wir hofften inständig, dass der Wind an diesem Abend wie meistens von Westen kommen würde. Nur bei dieser Wetterlage konnten wir das Osterfeuer zelebrieren, ohne unsere Reetdächer zu gefährden.

Wir sollten unsere Belohnung für all unsere Mühen bekommen. Alle Nachbarn brachten Salate mit und wir eröffneten gleichzeitig die Grillsaison, obwohl es noch recht kühl war. Wenn das Feuer jedoch erst einmal loderte, würde es schon warm werden.
Wir steuerten Rotwein bei, die Nachbarn kredenzten uns einen Likör in einer schrillen Farbe. Ich winkte ab.
„Komm Steffi, einen musst du mit uns trinken, das ist Tradition!“
Das vertrug sich mit dem Rotwein bestimmt nicht besonders, aber ich hatte keine Wahl und immerhin schon gut gegessen.
„Also gut, gib her! Worauf trinken wir denn?“
„Wir trinken auf viele nette und zufriedene Feriengäste und eine gute Ernte.“
„Das ist ein Wort! Nach den ganzen Ausgaben für die Sanierung können wir viele zufriedene Gäste brauchen.“
„Die wirst du haben, Steffi! Was ihr da geschaffen habt, ist einfach klasse. Außerdem hast du wieder Geschmack in der Gestaltung und Einrichtung des Raumes bewiesen. Deine Gäste werden ihn lieben.“
„Okay, okay, genug Süßholz geraspelt, ich werde dieses bunte, süße Zeug trinken. Und deine Ernte wird in diesem Jahr so großartig sein, wie mein neu gestalteter Raum.“
Wir grinsten, prosteten uns zu und kippten den Likör todesmutig hinunter.
„Brrr, was ist das denn? Schmeckt ja genauso scheußlich wie es aussieht!“
„Nimm noch einen, der zweite schmeckt schon besser!“
„Später vielleicht.“

Das Feuer loderte hoch, erhellte und erwärmte den gesamten Platz. Wir saßen auf Bierzeltbänken um das Feuer herum und es dauerte nicht lange, bis es zu warm wurde.
„Also Leute, noch seid ihr nüchtern genug, gemeinsam mit der Bank zurückzusetzen? Auf drei."
„Waaaas? Ihr wollt alle mit der ganzen Bank zurückspringen?"
„Joh."
„Okay, ihr seid wirklich verrückt."
„Joh! – Also... auf drei - - eins... zwei... und drei."
Wir machten samt Bank einem gewaltigen Satz nach hinten und hatten einfach eine Menge Spaß. Es tat gut, endlich mal wieder richtig ausgelassen zu sein. Ich trank meinen Rotwein und dazwischen ließ ich mich immer wieder zu einem Gläschen buntem Likör verführen. Die Stimmung war großartig und unser Feuer beeindruckend.
Eine ganze Weile lang.
Mit der Zeit brannte es etwas runter und es stellte sich die Frage, wer noch etwas Brennbares auftreiben konnte, denn wir wollten unbedingt weiter feiern.
„Hey Torben, ich habe noch ein altes Sofa auf der Veranda stehen." Für Ingeborg war es der perfekte Zeitpunkt, dieses alte Vehikel loszuwerden.
„Ein Sofa?"
„Ja, das alte Ding ist überwiegend aus Holz, nun holt es schon! Ich bin froh, wenn es weg ist."
Also trabten fünf Männer in Richtung Ingeborgs Veranda. Drei von ihnen schlingerten schon etwas, doch so ganz nüchtern waren wir alle nicht mehr. Wer sollte sich also daran stören?
Eine Viertelstunde später loderten helle Flammen und fraßen sich durch ein sechzig Jahre altes Sofa, das schon bessere Zeiten gesehen hatte.
Schon spannend, wie auf dem Lande die Feste gefeiert wurden. Ich war begeistert!
Doch es sollte noch besser kommen.
Die alte Couch war offensichtlich aus solidem, hartem Holz gebaut, sie erfreute uns eine ganze Weile mit einem herrlichen Flammenmeer. Im Schein des Feuers ließen wir es uns gutgehen

und waren alle bereits ein bisschen mehr angestrunzelt, als Torben erneut die Frage nach weiterem Brennmaterial stellte.
„Ich habe noch das gesamte Vertäfelungsholz aus dem Dachgeschoss im Carport liegen - alles was wir abgerissen haben."
Torbens Augen leuchteten auf.
„Wirklich? Das muss ja eine enorme Menge sein!"
„Ja", bestätigte ich grinsend, „es würde sich lohnen."
„Das machen wir. Ich hol' den Radlader."
„Den Radlader?"
„Steffi, das dauert viel zu lange, alles zu Fuß zu holen – wir fahren mit dem Radlader zu deinem Carport und schmeißen alles in die Schaufel. Dann fahren wir zu dem Feuer und können es direkt abkippen. Na, wie klingt das?"
„Verrückt."
„Pappelapapp, verrückt – das ist effizient... und außerdem lustig. Also, ich hol' jetzt den Radlader."
Keiner machte Anstalten, Torben davon abzuhalten. Er marschierte los und kam nach ein paar Minuten hinterm Steuer des Fahrzeugs wieder zurück.
Neben den Bänken hielt er an und fuhr die große Schaufel hinunter.
„Das Taxi ist da, einsteigen bitte!"
Kichernd und nicht mehr ganz sicher auf den Beinen kletterten wir in die Schaufel des Radladers. Torben hob sie lediglich ein kleines bisschen an und fuhr dann langsam und vorsichtig zu meinem Carport. Er schien noch genug Sinne für diese Aktion beieinander zu haben, was mich einigermaßen beruhigte.
Dort angekommen, kletterten wir wieder heraus und füllten die Schaufel mit dem alten Vertäfelungsholz. So wurde ich es los und war darüber genauso froh wie Ingeborg über die Entsorgung des Sofas.

Überflüssig zu erwähnen, dass wir diese lustige und gelungene Brennholzbeschaffung noch einmal mit einem Likör begießen mussten. Das Feuer loderte wieder in voller Pracht und ich fand das süße Zeug gar nicht mehr so eklig süß.

Irgendwann hatte ich den Punkt erreicht, den man eigentlich gar nicht erreichen möchte: Ich war komplett abgefüllt. Spontan beschloss ich, dass es Zeit war, „nach Hause" zu gehen - ein lediglich kurzer Weg nach nebenan. Ich drehte mich zu meinem Begleiter um.
„Ich kann nicht mehr, ich gehe jetzt", informierte ich ihn, stand ohne eine Antwort abzuwarten auf und marschierte los. Kurz überlegte ich, ob ich meinen Korb noch holen sollte, der am anderen Ende des Platzes stand, entschied mich jedoch bereits nach den ersten Schritten dagegen.
Puh, wie viele Gläser Wein und vor allem Likör hatte ich eigentlich intus? Ich hatte keine Ahnung, jede Sorte für sich wäre vermutlich schon ausreichend für einen anständigen Schwips gewesen, aber diese unheilvolle Mischung - Wein und Likör - au weia, wie wohl der morgige Tag werden würde?
„Tschüß Steffi, schlaf gut! Wir kommen morgen zum Frühstück", brüllte mir noch jemand hinterher, doch ich drehte mich nicht noch einmal um.
In Schlangenlinien torkelte ich zu meinem Haus und legte mich so wie ich war ins Bett. Alles drehte sich und der Start in den nächsten Tag war mühsam.

Ich habe nie wieder bunten, süßen Likör getrunken.

Vorstellungsgespräche

Die Vorstellungsgespräche in den Ferienhäusern verlaufen recht unkonventionell und finden je nach Jahreszeit und Wetterlage in der Wohnküche, Diele oder im Garten statt. Die Tätigkeit der Hausbetreuung ist für mich eine extrem wichtige Entlastung. Die Person – meistens sind es Frauen, die sich bewerben – hält nicht nur das Haus in einem sauberen und gepflegten Zustand. Sie steht den Gästen zudem mit Rat und Tat zur Seite, kümmert sich um die Bettwäsche und empfängt die Gäste, die zum Teil nach langer, staugeplagter Anreise erschöpft und genervt eintreffen.
Die Betreuung eines Ferienhauses ist für den Erfolg wichtig, trotzdem handelt es sich vom Arbeitsaufkommen her lediglich um einen Minijob. Vielleicht wird schon das Bewerbungsgespräch aus diesem Grund nicht so ernst genommen wie bei einem Vollzeitjob.

So sind die Tage dieser Gespräche nicht nur anstrengend, sondern auch spannend und erlebnisreich. Die Bewerbungen erfolgen telefonisch und ich versuche die Tätigkeit so präzise wie möglich zu beschreiben und zu filtern, wer vertrauenswürdig, zuverlässig und loyal zu sein scheint. Außerdem gilt es herauszufinden, wer der Aufgabe gewachsen ist, denn nach einer kurzen Einarbeitungszeit ist die Betreuung vor Ort überwiegend auf sich allein gestellt. Ich stehe dann per Telefon zur Verfügung, aber das ist manchmal keine große Unterstützung.

Früher dachte ich, dass eigentlich jeder putzen kann, doch auch da wurde ich eines Besseren belehrt – und was für den Hausgebrauch vielleicht ausreicht, genügt bei der Reinigung eines Ferienhauses im Zweifel noch lange nicht.

Um von den Bewerberinnen einen möglichst aussagekräftigen Eindruck zu bekommen, nehme ich mir für jede Vorstellung eine Stunde Zeit. Da die Erfahrung leider zeigt, dass bereits zu diesen Terminen bei Weitem nicht alle Eingeladenen erscheinen (je schlechter das Wetter, desto weniger kommen), mache ich nach Möglichkeit fünf bis sechs Termine. Nach jedem Gespräch halte ich Eindrücke, Vor- und Nachteile und einen Trend schriftlich fest - sonst weiß ich abends gar nichts mehr.

Natürlich gibt es Ausnahmen. Als ich meine erste Betreuung überhaupt gesucht habe, hatte ich unglaublich viele Anrufe nach Schalten meines Stellenangebots in der Zeitung. Den ganzen Tag über klingelte das Telefon, etliche Male beschrieb ich die Tätigkeit und meine Vorstellungen. Ein Großteil der Bewerberinnen schien motiviert und geeignet und da ich noch unerfahren in diesem Bereich war und nicht so recht wusste, wie gut ich mich auf mein Urteil am Telefon verlassen konnte, machte ich acht Termine. Ich hatte das zweite Haus gekauft und brauchte unbedingt eine Entlastung. Diese Anzeige sollte zum Erfolg führen!

Irgendwann am Nachmittag hatte ich meinen Terminplan für den kommenden Samstag voll - doch es kamen weitere Anrufe. Wow, mit so einer Resonanz hatte ich nicht gerechnet! Kurz war ich versucht, die weiteren Anrufe auf die Mailbox laufen zu lassen, fand dieses Verhalten dann aber doch unfair. So nahm ich mir für jede weitere Anruferin ein paar Minuten Zeit und notierte mir noch ein paar Nummern, falls meine erste Auswahl wider Erwarten nicht zum Ziel führen sollte.
Abends um 19.30 Uhr klingelte nach einer Weile der Ruhe erneut mein Mobiltelefon. Unwillig schaute ich auf das Display - wieder eine Nummer aus der Region. Das hörte wohl heute gar nicht mehr auf. So langsam freute ich mich auf meinen Feierabend und hatte nach aller Freude über die überwältigende Resonanz keine Lust mehr, weitere Telefonate in dieser Sache zu führen. Zu den acht Terminen hatte ich weitere acht Telefonnummern in Reserve. Das sollte wirklich genügen!
Das Telefon verstummte. Zu lange hatte ich darüber nachgedacht, ob ich den Anruf noch entgegennehmen sollte. Meine Mailbox hatte das nun übernommen. Auch gut.
Also beschloss ich, mir erst einmal etwas zum Abendessen zu bereiten. Danach könnte ich die Mailbox immer noch abhören und morgen zurückrufen - sei es auch nur mit einer freundlichen Absage.
Meine leckere Pasta und ein spannender Krimi ließen mich den Anruf vergessen.

Am nächsten Tag ging es ab 8.30 Uhr mit den Anrufen weiter. Wer hätte gedacht, dass sich so viele Frauen für diesen Job interessieren würden? Allen, die jetzt noch anriefen, sagte ich freundlich ab. Als ich schließlich die Nachricht vom vorherigen Abend abhörte, hatte ich nichts anderes vor. Ich wollte Namen in Erfahrung bringen und einen kurzen Rückruf tätigen. Doch es sollte anders kommen. Immer faszinierter lauschte ich folgendem Text:
„Guten Abend Frau Schreiber, ich habe gerade Ihre Anzeige in der Palette gelesen und bin interessiert. Vor einem halben Jahr aus München hierher gezogen habe ich mich mit der Betreuung

von Ferienhäusern selbständig gemacht - ich nenne es House Sitting. Ach ja, mein Name ist Gilda Weber und meine Telefonnummer lautet 04862 x89 48 01. Wenn Sie noch auf der Suche nach einer professionellen und motivierten Hausbetreuung sind, dann freue ich mich auf Ihren Anruf. Ich wünsche Ihnen einen angenehmen Abend.“

Das klang noch viel besser als alles, was ich bisher gehört hatte. Vielleicht sollte ich meine Bewerbungsrunde um Frau Gilda Weber erweitern.

Voller Vorfreude auf das Telefonat griff ich zum Hörer und wählte die angegebene Nummer. Bereits nach dem zweiten Klingeln war sie dran.

„House Sitting, Sie sprechen mit Frau Gilda Weber - moin.“

„Guten Tag Frau Weber, hier ist Stefanie Schreiber, Sie haben mir gestern Abend auf die Mailbox gesprochen.“

„Ah, guten Tag Frau Schreiber.... Das Ferienhaus in Martendorf, nicht wahr? Sie sind also noch auf der Suche?!“

„Ja, so schnell geht das nun auch wieder nicht. Ihre kurze Mitteilung klang sehr interessant. Wollen Sie mir ein bisschen mehr erzählen?“

„Gern. Darf ich von vorne anfangen? Ich bin mit meinem Mann vor einem halben Jahr von München nach St. Peter-Ording gezogen. Er ist Arzt und hat ein sehr lukratives Angebot von der Reha-Klinik bekommen, das er gerne annehmen wollte. Unsere Kinder sind bereits groß und mit Anfang Fünfzig brauche ich auch noch eine Aufgabe. Nach ein paar Gesprächen kam ich auf die Idee, Ferienhausbetreuung professionell anzubieten. Mein House Sitting wendet sich sowohl an Eigentümer, die ihre Ferienhäuser lediglich selbst nutzen als auch Vermieter wie Sie es sind. Meine Dienstleistung umfasst in Ihrem Fall Reinigung, Empfang der Gäste und Wäschepflege. Ich kümmere mich um Handwerker, Mülltonnen und kleine Pflegearbeiten im Garten - Eintopfen und Pflege von blühenden Pflanzen. Ihren Rasen mähe ich allerdings nicht. Dafür gehören Kontrollgänge in den unbewohnten Zeiten dazu und natürlich auch eine Vorbereitung, wenn Sie selbst kommen. Als Minimum kann ich Ihnen anbieten, die Heizung einen Tag vor Ihrer Ankunft

hochzufahren. Wenn Sie wünschen, fülle ich Ihnen auch den Kühlschrank. Wie hört sich das für Sie an?“
„Paradiesisch....“ Unwillkürlich musste ich an die Eiseskälte im Haus denken, wenn ich bislang angekommen bin. Alles war so ausgekühlt, dass ich meist eine halbe Stunde gebraucht habe, um die Matratze anzuwärmen, wenn ich mich ins Bett gelegt habe.
„Frau Schreiber...?“
„Entschuldigung, ich musste gerade daran denken, wie kalt das Haus mich bisher empfangen hat. Das hört sich wirklich gut an. Wie machen Sie das, wenn am gleichen Tag der Bettenwechsel in mehreren Objekten stattfindet?“
„Das ist überhaupt kein Problem, ich habe schon einige Kontakte aufgebaut und delegiere dann die Reinigungsarbeiten. Das war eigentlich von Anfang mein Ziel, Reinigen möchte ich selbst nur dann, wenn es nicht anders geht, wenn jemand spontan krank wird oder so. Wollen wir uns persönlich kennen lernen?“
„Ja, sehr gerne!“ Meine Antwort kam spontan. Mit dieser Frau wollte ich mich auf jeden Fall treffen. „Ich bin am Wochenende in Tating – ich selbst wohne in Hamburg.“ Ich beschloss ehrlich zu ihr zu sein: „Für den Samstag habe ich schon eine Menge Vorstellungsgespräche vereinbart.“
„Das bedeutet was?“
Ich hatte einen wirklich guten Eindruck von ihr. Ich hielt es für gut möglich, dass sie genau diejenige war, nach der ich suchte. Am liebsten würde ich das Gespräch mit ihr vor all den anderen führen – dann wüsste ich, ob sich der gute Eindruck vom Telefon bewahrheitete.
„Könnten Sie Freitag am späten Nachmittag nach Martendorf kommen?“
„Ja, gern.“
Wir einigten uns auf 18 Uhr und ich freute mich. Die positive Energie des Telefonates trug mich durch den ganzen Tag. Mein Gefühl sagte mir, dass ich meine Hausbetreuung gefunden hatte und ich alle anderen Gespräche eigentlich absagen konnte.
Was ich natürlich nicht tat.

In Nu war es Freitag, ich packte meine sieben Sachen ins Auto und fuhr samt Katzengefolge an die Nordsee. Es gab keinen Stau und die Sonne lachte vom Himmel. Ich nahm das als gutes Omen und freute mich auf den Termin. Bereits um 17 Uhr war ich vor Ort, hatte in Windeseile alles vorbereitet und konnte es gar nicht abwarten, dass Frau Weber erschien.
Pünktlich klopfte es an der Klönschnacktür (eine Klingel gibt es nicht). Als ich öffnete, fiel mein Blick auf eine attraktive und sehr gepflegte Frau. Sie lächelte.
„Guten Tag Frau Weber, willkommen in der Reetkate Tating, kommen Sie rein und schauen sich um."
Neben Motivation und Loyalität ist mir eine gewisse Identifikation mit dem Haus und der Einrichtung wichtig. Deshalb suchte ich auch keine Putzfrau, sondern mehr eine gute Seele des Hauses. Es ist eben ein Unterschied, ob ein Treppen- oder ein Ferienhaus gereinigt wird.
Darüber und über die Gäste unterhielten wir uns fast zwei Stunden sehr kurzweilig. Die erhoffte Wellenlänge war vorhanden und ich hatte den Eindruck, dass ich ihr mein Häuschen anvertrauen konnte.
„Frau Schreiber, Ihr Haus gefällt mir ausgesprochen gut, es ist eine sehr schöne kleine Kate - so persönlich eingerichtet, einfach wundervoll. Ich würde die Betreuung sehr gerne übernehmen. Worüber wir noch gar nicht gesprochen haben ist Geld. Es klingt jetzt vielleicht... hhm wie soll ich sagen... mir fehlt der passende Ausdruck. Ich sage es Ihnen mal wie es ist: Ich arbeite auf Rechnung und nicht für einen Hungerlohn. Mein Honorar setzt sich aus einer Pauschale und einem Stundensatz für die Reinigung zusammen - die Beträge sind nicht verhandelbar." Sie nannte sie mir, schaute mir direkt in die Augen und lächelte dann.
Eine Existenzgründung mit Business-Plan – die Frau gefiel mir immer besser.
„Wie ich am Telefon bereits sagte, habe ich für morgen Vorstellungsgespräche vereinbart. Die Frauen haben vor Ihnen angerufen und ich möchte nicht absagen. Das verstehen Sie

sicher. Ich habe aber einen sehr positiven Eindruck von Ihnen und Ihre Honorarforderung ist absolut in Ordnung. Ich rufe Sie am Sonntag an."
Wir verabschiedeten uns und ich war mir so gut wie sicher, dass die Entscheidung gefallen war und ich meine gute Seele des Hauses gefunden hatte.
Von den acht Bewerberinnen kamen zwei gar nicht erst - abgesagt haben sie auch nicht. Eine wollte nicht am Wochenende arbeiten, eine andere nur schwarz. Überflüssig zu erwähnen, dass ich all das bereits am Telefon thematisiert hatte. Die anderen vier wären in Frage gekommen, wenn ich mich nicht schon für Frau Weber entschieden hätte.
Sie betreute vier Jahre lang mein Haus und veränderte sich dann, weil ihre Mutter pflegebedürftig wurde. Ihr kombiniertes Vergütungssystem aus Pauschale und stundenweiser Bezahlung habe ich bis heute beibehalten.

Es gab sogar einen zweiten Fall, bei dem ich so großes Glück hatte, ohne großen Aufwand eine absolut zuverlässige und flexible Hausbetreuung zu finden.
Angefangen hat es wieder mit einem Stellenangebot in der Palette – dem Anzeigenblatt auf Eiderstedt und mittlerweile auch dem Online-Angebot. Dieses Mal hatte ich allerdings nach einem Gärtner gesucht, der mir die knapp 2000 qm große Rasenfläche mähte und die Wege und die Terrasse am Haus pflegte.
Auf diese Anzeige meldeten sich nur sehr wenige Interessierte, aber es reichte ja einer. Es stellte sich ein Mann vor, der mich mit so vielen Ideen für den Garten begeisterte, dass ich ihn nicht nur sofort „verpflichtete", sondern mit ihm ein zusätzliches Budget für „Gartenentwicklung" vereinbarte. Wir waren vor Ort und er zeigte mir welche Bereiche er wie verändern würde. Dabei kamen wir ins Schnacken. Es ging so weit, dass ich erwähnte, mit der Betreuung des Hauses nicht so ganz zufrieden zu sein.
„Meine Frau könnte das machen."
„Wie bitte?"

„Wenn Sie nach einer neuen Betreuung suchen... Reinigung, kleine handwerkliche Tätigkeiten und Schlüsselübergabe – meine Frau könnte das machen, sie hat schon Erfahrung mit Ferienwohnungen.“
„Okay, sie kann mich ja mal anrufen und dann unterhalten wir uns. Danke.“
Wir hatten schließlich alles besprochen und er verabschiedete sich. Ich fing an mich um die Dinge zu kümmern, die ich mir für dieses Wochenende vorgenommen hatte. Da gibt es immer reichlich.
Es war keine halbe Stunde vergangen, da ging die Gartenpforte wieder auf und mein neuer Gärtner erschien in Begleitung seiner Frau.
Das nannte ich engagiert!
„Moin Frau Schreiber, nun lernen Sie mich auch gleich kennen. Ich hoffe, es ist Ihnen recht. Bevor wir lange telefonieren und Sie wieder in Hamburg sind, dachte ich, ich schaue gleich vorbei. Passt es Ihnen jetzt?“
Wenn sie den Job auch so gut und engagiert machte, hatte ich ein Problem weniger.
„Ich koche uns einen Kaffee und dann setzen wir uns auf die Terrasse. Ich glaube, es ist schon warm genug. Was halten Sie davon?“
Beide nickten.
„Wollen Sie gleich einen Blick ins Haus werfen und sich einen Eindruck von der möglichen Wirkungsstätte verschaffen?“
„Gern.“
Zusammen gingen wir ins Haus, während der Mann noch einen Rundgang durch den Garten machte und dabei eine Zigarette rauchte.
Es folgte ein überaus lustiges Gespräch. Über die Tätigkeit brauchten wir nicht lange zu sprechen, danach lernten wir uns einfach kennen. Die beiden konnten überaus amüsante Geschichten und Anekdoten aus der Region erzählen. Am Abend hatten beide einen neuen Job und ich ein Paar für Haus und Garten – quasi beides aus einer Hand.
Auch diese Zusammenarbeit währte lange.

Irgendwann gibt es jedoch wieder eine Veränderung und dann heißt es: Anzeige schalten und Bewerberinnen einladen.
Auch wenn ich bereits am Telefon herauszuhören versuche, ob es passt, kommt es dann und wann zu Fehleinschätzungen. Es kann sogar passieren, dass ich im Vorstellungsgespräch einen guten Eindruck habe und nach kurzer Zeit folgt die Ernüchterung - doch dazu mehr im folgenden Kapitel.

Wie bereits eingangs erwähnt, geht es bei diesen Vorstellungsgesprächen sehr leger und locker zu, das betrifft nicht nur den Ort, sondern auch die Kleidung. Ich selbst habe meine Bewerberinnen nicht selten im „Renovierungs-Look" begrüßt, insbesondere dann, wenn ich Lücken im Terminkalender hatte und die Zeit zwischen den Gesprächen zum Renovieren und Reparieren nutzen wollte.
Dem entsprechend habe ich auch keine große Erwartungshaltung an die Kleidung der Jobinteressierten.
Trotzdem gibt es Grenzen.
An einem Tag, an dem das Wetter besonders nordisch scheußlich war und es seit dem Vortag nicht aufhören wollte zu regnen, hatte ich unter anderem eine Mutter von drei relativ kleinen Kindern eingeladen. Am Telefon hatte sie mir versichert, dass sie durch die Großmütter, die beide ganz in der Nähe wohnten, viel Unterstützung bekäme. So gäbe es „eigentlich immer" einen Babysitter.
Da es sich um eine Teilzeittätigkeit handelt, es aber keine festen Arbeitszeiten gibt, ist der Job ideal für Mütter oder ältere Frauen, die sich ein paar Euro nebenher verdienen wollen.
Ich lud sie also ein, denn mit drei Kindern und einem Haushalt setze ich ausreichend Erfahrung und ein gewisses Organisationstalent voraus.
Fatale Fehleinschätzung!
Sie brachte nicht nur ihre drei Kinder im Alter von zwei, vier und fünf Jahren mit. Alle drei trugen knallbunte Gummistiefel und damit so viel Matsch und Dreck in meine Küche, dass ich kurz davor war, sie - die Mutter - gleich mal zur Probe putzen zu

lassen. Das Erstaunlichste dabei war, dass es ihr überhaupt nicht bewusst war. Ich hatte den Eindruck, dass sie den Dreck, den ihre Rasselbande gerade verteilte, gar nicht sah.
„Hallo Frau Schreiber“, flötete sie gut gelaunt „es hat heute leider nicht mit der Betreuung meiner Kinder geklappt. Ich dachte, ich bringe sie einfach mit, dann können Sie sie auch gleich kennen lernen.“
Welchen Vorteil das brachte, entzog sich meiner Phantasie, aber ich fragte lieber nicht nach. Die Kinder fingen an, das Haus zu erkunden und meine Geduld fand ein jähes Ende.
„Frau Gruber-Lange, Zweck dieser Vorstellungsgespräche ist, dass ich jemanden finde, der mein Haus säubert und pflegt – hier passiert gerade das Gegenteil.“
Sie glotzte mich an und verstand nicht.
„Können Sie bitte sofort Ihre Sprösslinge dazu bringen, sich hinzusetzen?“
„Das sind Kinder, die können nicht lange stillsitzen. Glauben Sie mir, wir können uns viel ungestörter unterhalten, wenn sie nicht mit am Tisch sitzen.“
Am liebsten wäre ich laut geworden. „Frau Gruber-Lange, Ihre Kinder haben alle drei extrem dreckige Gummistiefel an und verteilen gerade diesen Dreck in meinem Haus, in dem ich außerdem diese Tage wohne. Wollen Sie hier gleich reinigen – als kostenlose Arbeitsprobe?“
„Sie mögen wohl keine Kinder?“ Sie schmollte.
Jetzt reichte es!
„Gegen Kinder habe ich nichts, ich aber mag keinen Dreck in meinem Haus – insbesondere dann nicht, wenn er von den schmutzigen Gummistiefeln der Kinder meiner Bewerberinnen herein getragen wird.“ Irgendwann musste sie es doch begreifen! Doch sie verstand es nicht. Stattdessen schaute sie mich säuerlich an und presste hervor: „Wir passen wohl nicht zusammen. Ich sollte lieber gehen.“
Gute Idee. „Und wann wollen Sie zum Putzen wiederkommen?“
„Wie meinen Sie das?“
Humorlos war sie leider auch noch!

Die nächste Jobinteressentin war ebenfalls eine Mutter, sie kam allerdings allein. Meine Erleichterung darüber war jedoch lediglich von kurzer Dauer, denn nachdem wir uns eine Weile über die Details der Tätigkeit unterhalten hatten, bat ich sie, ein wenig von sich zu erzählen. Ich wollte sie ja kennen lernen und einen Eindruck gewinnen, ob ich ihr mein Haus und meine Gäste anvertrauen konnte.
Sie holte erstaunlich tief Luft und fing dann an zu strahlen. „Ich bin Mutter von zwei wundervollen Kindern. Sie sind mein ganzer Stolz und mein ganzes Glück."
Aha – wie ihr Mann diese Aussage wohl kommentieren würde. Doch das war weder meine Angelegenheit noch mein Thema. Leider hatte das Haus und die Aussicht auf den Job nicht einmal halb so viel Begeisterung in ihr hervorgerufen.
„Ich habe Fotos von meinen Kindern mitgebracht."
Heute war mein Glückstag!
„Wollen Sie sie sehen?"
„Nein." Ich versuchte, nicht zu lächeln.
„Nein?" Sie war fassungslos. „Warum nicht?"
„Frau Müller, egal wie hübsch Ihre Kinder sind, das bringt Sie dem Job nicht näher. Ich möchte lieber von Ihnen erfahren, warum Sie die Betreuung meines Hauses und meiner Gäste übernehmen möchten."
Enttäuscht packte sie die Fotos wieder in ihre Tasche.
„Mein Mann meint, ich sollte arbeiten gehen. Sara und Marie sind jetzt sieben und damit groß genug, dass ich mich auch wieder am Haushalteinkommen beteiligen kann."
Heute war definitiv mein Glückstag!
Dieses Gespräch konnte abgebrochen werden, soviel war klar, aber ich hatte plötzlich Lust der Sache auf den Grund zu gehen. Ein bisschen Spaß durfte sein.
„Aha, Sie wollen also eigentlich gar nicht arbeiten?"
„Frau Schreiber, ich arbeite. Haben Sie Kinder? Wahrscheinlich nicht, so wie Sie fragen. Glauben Sie, es wäre keine Arbeit, für eine vierköpfige Familie den Haushalt zu führen und zwei Kinder zu erziehen?"

Auf eine Grundsatzdiskussion hatte ich keine Lust. Ich lächelte und sagte: „Ich meinte damit, ob Sie hier arbeiten wollen oder ob das lediglich der Wunsch Ihres Mannes ist."
„Ich bin zufrieden."
Damit war alles gesagt.

Ich brauchte dringend eine Pause! Ein Blick zur Uhr zeigte mir, dass ich noch knapp zwanzig Minuten bis zum nächsten Gespräch hatte. Schnell bereitete ich mir einen Kaffee, setzte mich nach oben und legte kurz die Füße hoch. Als ein schüchterner Sonnenstrahl in das Fenster lugte, fiel mir auf, dass es endlich aufgehört hatte zu regnen.
Hoffentlich hielt der heutige Tag noch etwas Besseres für mich bereit. Die Hauptsaison stand bevor und meine jetzige Betreuung würde in vier Wochen aufhören, sie hatte einen Vertrag für einen Vollzeitjob unterschrieben.

Mit dem Klopfen an der Tür war meine Pause vorbei. Die nächste Bewerberin war zehn Minuten zu früh. Ich war gespannt, wer und was nun auf mich zukam.
Schon wurde unten die Tür aufgerissen. In beiden Katen kann man die Türen einfach öffnen, wenn sie nicht abgeschlossen sind und auf dem Lande ist das so üblich.
Klopfen, Tür selbst öffnen und mit einem zackigen „Moin" eintreten.
Was sie in diesem Moment tat. Ich rappelte mich aus dem Sessel hoch und schnappte mir meinen Becher, der noch zur Hälfte gefüllt war.
„Frau Schreiber?"
„Moin Frau Mühlenkamp, ich komm' runter."
Sie stand noch artig im Flur und bearbeitete die Schmutzfangmatte mit Ihren Schuhen.
„Es hat gerade aufgehört zu regnen, aber ich denke ich bekomme sie nicht ganz sauber. Soll ich meine Schuhe ausziehen?"
Der erste Eindruck war positiv.
„Nein, das geht schon."

Sie kontrollierte noch einmal die Sohlen ihrer Schuhe, bevor sie mir in die Wohnküche folgte.
„Ach, das ist ja schön hier – urgemütlich! Sie haben bestimmt viele Gäste, oder? Und dann noch der große Garten. Herrlich."
Ich bot ihr einen Kaffee an, wir setzten uns und sprachen über den Job, die gute Belegung und die Gäste im Allgemeinen und im Speziellen. Sie hatte bereits Erfahrung mit der Betreuung von Ferienwohnungen und konnte ebenfalls einige amüsante Anekdoten zum Besten geben. Sie schien mir gut geeignet und die Zeit verging wie im Fluge.
Wieder klopfte es. Ein Blick auf meine Uhr sagte mir, dass die nächste Bewerberin ebenfalls zu früh war, eine geschlagene halbe Stunde.
Kurz überlegte ich, ob ich sie dazu bitten sollte, entschied mich jedoch schnell dagegen. Ich wollte mein Gespräch in Ruhe zu Ende führen. Die Frau, die gerade bei mir saß, hatte ein Recht auf ihre Zeit und eine halbe Stunde zu früh war im Timing genauso unglücklich wie die gleiche Zeit zu spät.
Noch einmal klopfte es, dann ging die Tür auf. Ich war bereits auf dem Weg in den Flur.
„Frau Becker?"
„Ja, moin – ich bin etwas zu früh."
Ich beschloss, sie zu testen.
„Sie sind leider erheblich zu früh. Ich bin noch im Gespräch und möchte Sie bitten, zur vereinbarten Zeit wieder zu kommen."
Damit hatte sie offensichtlich nicht gerechnet. Sie wollte gerade eintreten und hielt in der Bewegung inne.
„Oh", war alles was sie daraufhin herausbrachte.
Bevor sie intervenieren konnte, lächelte ich sie an und sagte: „Wir sehen uns in einer halben Stunde - vielen Dank, bis gleich."
Sie schien etwas angenervt zu sein, als sie sich umdrehte und brummelnd den Rückzug antrat. Ich war gespannt, ob sie wiederkommen würde.
Das Gespräch mit Frau Mühlenkamp war sehr vielversprechend verlaufen und ich nahm sie in die engere Wahl.

In einer kleinen Wette mit mir selbst tippte ich darauf, dass ich Frau Becker nicht mehr wiedersehen würde, doch ich sollte mich täuschen. Pünktlich um 13 Uhr klopfte es erneut und sie stand auf der Matte.
Ich gab ihr insgeheim einen Pluspunkt und bot einen Kaffee oder alternativ ein Wasser an. Sie lehnte dankend ab.
„Ich würde mir gerne erst einmal das Haus anschauen, damit ich weiß worüber wir reden."
Das war im Grunde verständlich, in den ersten Jahren habe ich mit jeder Bewerberin am Ende des Gespräches eine Hausführung gemacht. Da es zahlreiche Fotos im Internet gibt und damit praktisch jeder einen virtuellen Rundgang durch mein Haus machen kann, zeige ich es wirklich und wahrhaftig nur noch denjenigen, die den Job bekommen.
„Da muss ich Sie zum zweiten Mal an diesem Tag enttäuschen. Sie können gern auf meine Website gehen und sich das Haus im Internet anschauen. Ich möchte die Zeit nutzen, um mit Ihnen über die Tätigkeit und über Sie und Ihre Erfahrung und Erwartung sprechen."
„Wie Sie meinen... was wollen Sie denn von mir wissen?"
Der Tag lief nicht nach ihren Vorstellungen und ich hatte sicherlich schon ein paar Sympathiewerte verscherzt. Bevor ich eine Frage stellen konnte, wollte sie einige Details zu der Betreuung in Erfahrung bringen. Schließlich schien sie alle gewünschten Informationen zu haben. Sie wiegte ihren Kopf hin und her und schien etwas zu überlegen.
Ich wartete. Schließlich teilte sie mir mit, dass sie den Job machen würde.
„Was wollen Sie denn von mir wissen?"
„Naja, erzählen Sie einfach ein bisschen von sich, was und wo haben Sie bisher gearbeitet, was meinen Sie, was für die Gäste wichtig ist und glauben Sie, dass Sie auch mit schwierigen Urlaubern fertig werden?" Bewusst hatte ich ihr gleich mehrere Fragen auf einmal gestellt und war gespannt, wo der Schwerpunkt ihrer Antwort liegen würde.
„Zuletzt habe ich einer Seniorenresidenz gearbeitet. Mit den alten Leutchen ist es auch nicht immer einfach, aber das

bekommt man schon hin. Ich muss hier ja nicht putzen, wenn die Gäste da sind. Es ist mir halt wichtig, dass ich gut und fair behandelt und auch bezahlt werde. Das war dort in dem Altenheim nicht so richtig toll. Erst haben sie eine Menge versprochen. Dass der Lohn nach einem halben Jahr höher wird, wenn man alles weiß und alles richtig macht und damit auch schneller ist. Aber das war gelogen. Als das halbe Jahr um war, haben sie gesagt, das sei jetzt leider doch nicht möglich, weil – ich weiß nicht warum. Jedenfalls habe ich nicht mehr Lohn bekommen.
Da habe ich mir was einfallen lassen. Neben der großen Küche des Heims gibt es eine sehr große Vorratskammer. Ich arbeite viele Spätschichten und nach Feierabend schleiche ich mich darein und nehme ein paar Lebensmittel mit nach Hause…"
Meine Gedanken waren abgeschweift, doch plötzlich war ich wieder da. Hatte sie mir gerade erzählt, dass sie ihren Arbeitgeber beklaute?
„…dadurch muss ich weniger einkaufen. Ist also wie eine Lohnerhöhung."
Ja, sie gestand mir, dass sie eine Diebin war.
Da sie weiter plapperte, bemerkte sie meine Sprachlosigkeit nicht. Ich war außerdem fassungslos. Nicht nur, dass sie ihren Arbeitgeber bestahl, sie erzählte es mir - ihrer potentiellen neuen Arbeitgeberin! Auch wenn wir bis auf ein paar Gewürze, Tee, Zucker und Öl keine nennenswerten Vorräte im Haus hatten - bis auf den Gästewein und die Betthupferl vielleicht - so fand sie bestimmt auch bei mir einen Weg, ihre kriminelle Energie auszuleben, wenn ich in Ungnade bei ihr fiel.
Machte sie sich wirklich keine Gedanken darüber wie dieser Bericht auf mich wirkte? Meinte sie, dass sie nach diesem Geständnis ernsthaft Chancen hatte, diesen Job zu bekommen?
Als ich aus meinen Gedanken zurück in die Küche kehrte, wurde mir bewusst, dass sie aufgehört hatte, zu reden und mich stattdessen anstarrte.
„Ich fürchte, den letzten Satz habe ich nicht mitbekommen", versuchte ich die Situation zu retten.

Noch war sie arglos – vielleicht war das auch der Kern ihrer Persönlichkeit - und entsprach ihrem eigenen Gerechtigkeitsempfinden.
„Wie sieht das denn hier bei Ihnen aus, gibt es eine Prämie, wenn die Gäste zufrieden sind?“
Eine Prämie für zufriedene Gäste?
„Kann ich dann im Gegenzuge etwas abziehen, wenn die Gäste nicht zufrieden sind?“
Die nicht ernst gemeinte Frage brachte sie ins Trudeln. „Aber ich habe meine Arbeit gemacht, vielleicht sind die Gäste mit etwas anderem unzufrieden, wofür ich nichts kann.“
Ich verlor die Lust auf dieses Spielchen und auf das Gespräch mit ihr. Letztlich war die Stunde Zeitverschwendung gewesen.
„Frau Becker, Hand aufs Herz – zufriedene Gäste sind für mich Voraussetzung für eine erfolgreiche Vermietung. Gute Arbeit ist selbstverständlich und wird entsprechend vergütet. Manchmal zahle ich kleine „Prämien“ zu Weihnachten oder zum Geburtstag, aber die Gefahr, dass Sie mich bestehlen, wenn Sie plötzlich mit der Vergütung nicht mehr zufrieden sind und ich nicht ad hoc mehr bezahle, ist mir nach Ihrem Bericht doch zu groß. Ich denke, wir kommen mit unseren Vorstellungen nicht zusammen. Ich danke Ihnen für Ihren Besuch und wünsche Ihnen alles Gute.“
„Sie schmeißen mich raus?“
„So würde ich es nicht nennen, aber ich denke wir passen nicht zusammen. Vertrauen und Loyalität sind für mich unabdingbar.“
Schließlich erkannte sie wohl, dass sie einen Fehler gemacht hatte. „Na gut, dann gehe ich jetzt. Tschüß.“
Was für ein Tag!

Darauf folgte eine Stunde Mittagspause, die ich mir redlich verdient hatte. Der Nachmittag brachte noch eine kurzfristige Absage. Die restlichen Kandidatinnen waren passabel und am Ende des Tages hatte ich meine neue Betreuung.

Geschichten über die Hausbetreuungen

Nach der Personalauswahl kommt die Einarbeitung. Es kann Ausnahmen geben, aber normalerweise arbeite ich meine Hausbetreuung selbst ein. Während sie reinigt, renoviere oder repariere ich etwas in der anderen Wohneinheit oder beschäftige ich mich im Garten. So auch jenes Mal.

Die Entscheidung war in diesem Bewerbungsdurchlauf auf eine sehr junge, allein erziehende Mutter mit unterstützendem Familienhintergrund gefallen. Sie konnte mit einer sehr freundlichen Ausstrahlung und Erfahrung im Einzelhandel überzeugen. Umgang mit Kunden und Gästen war bestimmt ähnlich – besonders im kritischen Fall. Ich hatte sie bei Vertragsunterzeichnung durch das Haus geführt und ihr grob gesagt, worauf ich besonderen Wert lege und was für die Vermietung an Feriengäste wichtig sei. Zur Unterstützung hatte

sie die übliche Checkliste erhalten, die nach Räumen aufgeteilt und zum Abhaken den Start erleichtern soll.
Pünktlich kam sie zu ihrem ersten Einsatz, bestätigte mir, dass ihr soweit alles klar sei und begann ihre Arbeit. Da es ein sonniger Tag im April war, beschloss ich, den Garten aus dem Winterschlaf zu wecken und für die Saison vorzubereiten. Frau Sommer kam offensichtlich allein zurecht, denn sie hatte keine Fragen. Ich ließ sie gewähren und war gespannt auf das Ergebnis.
Nach circa zwei Stunden rief sie nach mir:
„Frau Schreiber? Können Sie eben kommen?“
„Bin gleich da“, rief ich aus der anderen Ecke des Gartens. Als ich näher kam, strahlte sie mich an: „Ich bin fertig.“
Das war keine gute Nachricht. Die Reinigungszeit variierte je nachdem, wie lange die letzte Belegung her war und wie lange, mit wie vielen Personen und Tieren die Gäste zuvor im Haus gewesen sind. Auch sind die einen schneller und andere benötigen mehr Zeit.
Doch eins war sicher: In zwei Stunden war eine gründliche Reinigung nach unserem Standard nicht möglich. Die durchschnittliche Zeit lag für diese Haushälfte bei dreieinhalb bis vier Stunden.
Also fragte ich nach: „Womit fertig?“
„Na, mit dem Putzen – mit allem.“
„Sind Sie sicher? Wollen Sie noch einmal durch das Haus gehen und schauen, ob Sie an alles gedacht haben?“
„Nö, Sie können gleich mitkommen, es ist alles fertig.“
„Okay, dann wollen wir mal.“ Ich machte mich auf einiges gefasst.
Wir gingen hinein - an der Schwelle zog ich trotz meiner Skepsis vorsorglich meine Gartenschuhe aus.
Leider wurden meine Befürchtungen bestätigt, nicht ein Raum war richtig sauber: Staub in den Ecken, unter den Betten - selbst um den Esstisch hatte sie drumherum gewischt. Krümel, Haare, Staub und Spinnweben wohin das Auge reichte. Fenster, Kühlschrank und Backofen ausgelassen. Beim Anblick des

Badezimmers kam mir der Verdacht, dass sie es übersehen hatte.
Ich atmete tief durch und fragte mich, ob es Sinn machte sie weiter zu beschäftigen. Offensichtlich hatte sie nichts verstanden. Während ich noch überlegte, wie ich auf dieses Ergebnis reagieren sollte, sah sie mich erwartungsfroh an und fragte dann: „Na, was sagen Sie?“
„Ehrlich?“
„Na klar.“
„Liebe Frau Sommer, das hier ist eine Katastrophe. Wir hatten doch darüber gesprochen, dass bis in jede Ecke geputzt werden muss und es in der Regel vier Stunden dauert.“
Damit allein konnte sie nichts anfangen.
„Ja, aber... was ist denn nicht sauber genug?“
Eigentlich alles.
„Haben Sie die Liste dabei, die ich Ihnen gegeben habe?“
Ein Moment guckte sie verständnislos, dann schien sie sich zu erinnern. Sie strahlte wieder: „Moment, die habe ich in der Tasche.“
Offensichtlich hatte ich nicht die beste Entscheidung getroffen, nun galt es zu prüfen, ob noch was zu retten war. Sie war so naiv und arglos, das würde schwierig werden. Doch ich musste es versuchen. Mit der Checkliste gingen wir durch das Haus und ich zeigte ihr, was sie nacharbeiten musste.
Was mich an der Sache wunderte: Sie wurde stundenweise bezahlt. Insofern war es lukrativer, wenn die Reinigung länger dauerte.
Weitere eineinhalb Stunden später meldete sie wieder, dass sie fertig sei. Dieses Mal war es okay, ich arbeitete ein bisschen nach und dann war im Haus alles sauber.
„Die Fenster mache ich nächstes Mal.“
„Frau Sommer, die Fenster sind schmutzig, nicht nächstes Mal. Die Gäste, die morgen kommen, haben den vollen Betrag für die Reinigung bezahlt und damit ein Recht auf saubere Fenster - oder haben Sie es eilig?“
„Nein.“

„Dann planen Sie vier Stunden pro Einsatz ein und machen Sie alles sauber - es ist wirklich wichtig."
„Okay." Ergeben holte sie sich noch einmal einen Eimer und vollendete ihr Werk. Auch wenn es nun sauber war, beschloss ich noch an diesem Nachmittag, ihre erfahrene Vorgängerin zu fragen, ob sie Frau Sommer ein paar Mal coachen konnte.

Geplant - getan. Einen Monat reinigten die beiden unterschiedlichen Frauen das Haus gemeinsam. Danach hatte Frau Sommer hoffentlich ihren Blick geschärft, um auf sich gestellt genauso gründlich zu arbeiten.
Der Mai war der erste Monat, den sie allein bewältigte. Ich hörte nichts und vertraute darauf, dass keine Nachrichten gute seien. Im Juni gab es mehrere Beschwerden. Ich beschloss, zum nächsten Bettenwechsel vor Ort zu sein und mir selbst ein Bild zu machen, hielt es jedoch für wahrscheinlich, dass es tatsächlich einen Grund zur Beanstandung gab. War es ein Fehler gewesen, an ihr festzuhalten? Sie war jung, ich war überzeugt gewesen, dass sie noch lernfähig war und ich wollte ihr eine zweite Chance geben. Die Gegend war strukturschwach und sie sorgte für ein Kind.
Ich fand meine Befürchtungen bestätigt und hatte nun wirklich ein Problem. Anfang Juli – die Hauptferienmonate mit voller Belegung standen bevor und ich hatte eine Betreuung, die nicht in der Lage war, das Haus sorgfältig vorzubereiten.
Was nun?
Ich brauchte einen Ersatz – und zwar unmittelbar! Im Geiste ging ich die Liste der Frauen durch, die sich vor drei Monaten vorgestellt hatten. Konnte ich da jetzt noch anrufen? Eine war dabei, die ich auch gern genommen hätte, sie wirkte lediglich etwas leidenschaftslos.
Ich wanderte durch den Garten und wog immer noch ab, was ich tun sollte, da klappte die Pforte. Ich hörte Schritte und dann eine bekannte Stimme.
„Hallo Frau Schreiber, Sie im Juli hier? Ist was passiert?"
„Frau Wiesner, ich grüße Sie. Ja, leider habe ich mit der Auswahl von Frau Sommer eine Fehlentscheidung getroffen.

Vielen Dank für das Coaching, aber es hat nicht gefruchtet. Tja nun muss ich mitten in der Saison wieder auf die Suche gehen. Das habe ich auch noch nicht gehabt."
„Meine Tochter hat kurzfristig doch noch einen Kindergartenplatz für ihren Sohn bekommen. Wenn Sie in Not sind, könnte ich den Sommer über einspringen - sagen wir bis Ende September. Dann haben Sie Zeit, in Ruhe Ersatz zu suchen."
Ich hätte sie umarmen können.
„Ist das Ihr Ernst? Frau Wiesner – wundervoll! Ich danke Ihnen. Frau Sommer ist jetzt im Haus. Ich gehe gleich rein und unterstütze sie. Können Sie den Samstag in der nächsten Woche anfangen?"
Sie nickte und meine Saison war gerettet.

Insgesamt gab es zahlreiche kuriose Erlebnisse mit den Hausbetreuungen.
In den ersten Jahren habe ich mir die zweite Hälfte der Mietzahlung bar bei Einzug zahlen lassen. Das Geld wurde beim Empfang der Gäste von der Mitarbeiterin entgegen genommen und am folgenden Werktag eingezahlt. So lautete jedenfalls die Vereinbarung. In dieser Zeit gab es eine Frau Möllenkamp, die zuständig war. Das Haus reinigte sie vorbildlich, aber das Geld eine Weile selbst zu nutzen, war zu verlockend. Vielleicht war sie auch ständig klamm. Jedenfalls dauerte es bis zu drei Wochen, bis das Geld meinem Konto gutgeschrieben wurde.
Auf Nachfrage versicherte sie jedes Mal, dass sie es „schon lange" eingezahlt habe und dass es an der Bank liege. Es ging über drei Monate so – ständig musste ich auf mein Geld warten, das ich für meine Zahlungsverpflichtungen des Hauses benötigte.
Schließlich war meine Geduld am Ende, ich stellte auf rein bargeldloses Bezahlen um. Interessanterweise hatte ich den Eindruck, dass die Gäste die neue Kondition begrüßten, da sie nicht mehr mit dem Bargeld auf die Reise gehen mussten.
So wurde aus diesem Ärgernis eine positive Veränderung in meinen Abläufen.

Eine andere nahm es mit den Kontrollbesuchen im Winter bzw. in den unbewohnten Zeiten nicht so genau. Sie war oft schwer zu erreichen und irgendwie entstand der Verdacht, dass sie sich die Gänge zwar bezahlen ließ, sie diese aber gar nicht durchführte. Dann gab es eine Zeit im Winter, in der die Heiztherme unregelmäßig lief und ich befürchtete, dass sie ganz ausfiel. Die Außentemperaturen fielen auf -10°C und ich bat meine Betreuung eindringlich, zweimal die Woche zu kontrollieren, ob alles in Ordnung war. Sie sagte es zu. In der darauf folgenden Woche schneite es heftig, sie rief mich zweimal an und bestätigte mir, dass alles ordnungsgemäß liefe. Am Freitag packte ich spontan meine Tasche und beschloss, das Wochenende in Tating zu verbringen. Eis und Schnee am Strand von St. Peter-Ording sind einfach ein wundervolles Erlebnis. Als ich vom Parkplatz durch den Garten zum Haus ging, verrichteten die Bewegungsmelder ihren Dienst, der kleine Weg auf dem Grundstück wurde hell genug erleuchtet, um zu sehen, dass seit Beginn des Schneefalls in dieser Woche keiner das Grundstück betreten hatte. Es waren keine Spuren im Schnee zu sehen – sie hatte mich angelogen!

Als Service stellen wir unseren Gästen Tee, Zucker, Salz, Gewürze und Öl zur Verfügung – eine weitere Betreuung, die sich im Vorstellungsgespräch bestens verkauft hatte, war eine große Enttäuschung. In allen Einzelheiten hatte sie geschildert, worauf sie achten will und was für die Gäste wichtig ist.
Leider warf sie wiederholt all diese Vorräte weg – was sehr ärgerlich war, da wir unseren Gästen diesen Komfort im Vorwege ankündigen bzw. versprechen. Schließlich stellte sich heraus, dass sie es mit der Gründlichkeit nicht so genau nahm. Sie argumentierte, dass sie das Angebot der Lebensmittel unhygienisch fand, doch wir hatten den Eindruck, dass sie mit diesen Aktionen von ihrer mangelnden Sauberkeit ablenken wollte.

Einmal kündigte eine Betreuung Ende November aus gesundheitlichen Gründen und bat darum, bereits Mitte Dezember aufhören zu dürfen. Im Norden hatte die ruhige Zeit begonnen - die Herbstferien waren vorbei und bis zum Jahreswechsel würden lediglich vereinzelt Gäste kommen – also eigentlich kein Problem. In diesem Jahr hatte ich jedoch zum ersten (und einzigen) Mal vier Wochen Urlaub gebucht und wollte Mitte Dezember in ein Flugzeug steigen und der nordischen Kälte entfliehen. Die Zeit war zu knapp, um noch einen Bewerbungslauf durchzuführen. Mein langjähriger Freund und Geschäftspartner beruhige mich: „Das ist doch überhaupt kein Problem. Ich kann das Haus für die Silvestergäste vorbereiten. Ich nehme meine Nichte mit und dann gehen wir nach getaner Arbeit auf deine Kosten lecker Fisch essen.“
Auf ihn war einfach immer Verlass. Eine andere Lösung wäre mir trotzdem lieber gewesen, denn er war beruflich sehr eingespannt und der Aufwand von Hamburg aus ist enorm – auch wenn sich ein Tagesausflug an die Schlei immer lohnt.
Einige Tage später telefonierte ich mit meiner Freundin Margret aus Schleswig. Im Laufe des Gesprächs fragte sie mich: „Na, bist du schon im Reisefieber, hast du alles vorbereitet?“

„Ja, ich freue mich schon sehr. Es gibt nur ein kleines Problem, meine Betreuung in Kragi hat gekündigt. Sie will schon in zehn Tagen aufhören und nun habe ich genau für die Zeit des Urlaubes niemanden, der sich kümmert und der das Haus für die Silvestergäste vorbereitet."
Schweigen am anderen Ende der Leitung.
„Bist du noch dran?"
„Was hältst du denn davon, wenn ich das mache. Auf Dauer sind die 35 Kilometer vielleicht ein bisschen weit, aber als Urlaubsvertretung und Rettung in der Not wäre es okay."
Ich konnte durch das Telefon hören, wie sie griente und mein Glück kaum fassen.
„Wenn ich weiß, dass du dich um die Reetkate kümmerst, fahre ich ganz beruhigt in den Urlaub."
„Ja, dann ist das abgemacht. Wie komme ich denn an die Schlüssel?" Wie immer war sie sehr pragmatisch. Das leckere Fischessen und der Tagesausflug an die Schlei kamen mir wieder in den Sinn. Schnell blätterte ich durch meinen Terminkalender.
„Hast du am kommenden Samstag schon etwas vor?"
„Nein."
„Dann schlage ich vor, dass ich dich um 12 Uhr abhole, wir fahren nach Kragi, ich lasse uns die Schlüssel bringen und entlasse meine Betreuung aus der Pflicht. Wir gehen durchs Haus und besprechen ein paar Dinge, die du wissen musst. Danach machen wir einen Strandspaziergang und essen schön in Gelting oder Wackerballig. Was meinst du?"
„Klingt prima – so machen wir das."
Damit hatte ich eine Sorge weniger und die Vorfreude auf meinen Urlaub vergrößerte sich erheblich.

Mit exotischen Eindrücken, gut erholt und voller Tatendrang kehrte ich Mitte Januar aus meinem Urlaub zurück. Mein Schreibtisch war trotz der ruhigen Zeit über den Jahreswechsel voll. Trotzdem ließ ich es mir nicht nehmen, bereits am Tag meiner Rückkehr bei Margret anzurufen und zu fragen, ob sie

gut klargekommen war, denn eine wirkliche Einarbeitung hatte sie ja nicht bekommen.
„Ach Steffi, das hat viel Spaß gemacht. Es ist so schön in Kragelund und das Haus ist einfach ein großartiger Arbeitsplatz. Die Gäste waren sehr zufrieden, wir haben geschnackt und sie haben sich über meine Ausflugstipps und deinen Begrüßungswein gefreut! Ich habe mir das mal durchgerechnet, wenn du mir einen kleinen Aufpreis für das Benzin zahlst, dann würde ich den Job gerne behalten."
Das Jahr fing gut an!
„Margret, nichts lieber als das. Ich freue mich riesig, wenn du das Haus betreust. Ich war absolut entspannt im Urlaub und wusste genau, dass ich mir keine Sorgen machen muss."
Wir einigten uns schnell über die finanzielle Seite und freuten uns nun beide.
Insgesamt vier Jahre hat sie mein Haus gepflegt und meine Gäste zufrieden gemacht - jedenfalls die meisten. Noch heute schwelgen wir in Erinnerungen an die alten Geschichten aus dieser Zeit, wenn wir nach getaner Arbeit - im Garten - in Kragelund mit einem Glas Wein vor dem Kamin sitzen.
In all den Jahren wurde sie von ihrem Mann Walter unterstützt, der uns mittlerweile von oben zuschaut. Er hatte eine erstaunliche Menschenkenntnis und wurde von allen trotz seiner norddeutsch-flapsigen Art gemocht. Auch vor den Gästen machte seine spitze Zunge nicht halt.
So hatten wir zum Beispiel einmal Touristen aus München. Nach zehn Stunden Autofahrt hatten sie es in das Neun-Häuser-Dorf Kragelund geschafft. Das Familienoberhaupt schaute sich etwas skeptisch um und murmelte: „Na, das ist hier ja wohl der Arsch der Welt."
Walter grinste spitzbübisch und erwiderte schlagfertig: „Wenn ich das richtig weiß, ist der Arsch doch immer unten."
Der Gast begann lauthals zu lachen und verbrachte einen entspannten Urlaub auf dem Land.
Ein anderes Mal kamen Gäste sehr spät. Auch wenn das durch Stau besonders in der Ferienzeit immer wieder vorkommt, hatte Walter dafür wenig Verständnis. Er nahm es geradezu

persönlich und nicht unbedingt ein Blatt vor den Mund, wenn er die Angereisten begrüßte. Komischerweise nahm es ihm keiner übel und es gab auch nie Beschwerden über seine Art – im Gegenteil: Die Gäste liebten den alten Brummbär und seine fleißige, zuverlässige Frau. Es gab sehr viel positives Feedback und immer wieder kleine Geschenke für die beiden.
Die Gäste kamen also mal wieder spät und im Haus war längst alles vorbereitet. Walter lief schon seit einer dreiviertel Stunde unruhig zwischen Haus und Parkplatz hin und her (ca. eine Entfernung von fünfzig Metern), während Margret noch im Garten zupfte. Endlich näherte sich ein Auto. Sie zog die Handschuhe aus und gesellte sich zu ihm, um den Gästen zur Begrüßung entgegen zu gehen.
Die Urlauber – zwei Frauen und zwei Kinder – stiegen aus. Walter warf lediglich ein Blick in ihre Richtung und raunte Margret nur ein Wort zu: „Gesocks!“
Sie schüttelte den Kopf und gab zischende Laute von sich, um ihm zu bedeuten, nichts weiter zu sagen. Er hielt sich daran, doch leider sollte er mit seiner Einschätzung Recht behalten.
Sie hinterließen einen versifften Herd, den Margret nach nur einer Urlaubswoche eine halbe Stunde lang mit den Wundern der modernen Reinigungsmittel bearbeiten musste, um ihn wieder sauber zu bekommen.
Einen Läufer in der Küche hinterließen sie mit einem Muster aus Hundekot. In einer Ecke in der Küche standen 23 leere Weinflaschen – wie gesagt: nach einer Woche Aufenthalt.

Schon lange ist die „Dienstzeit“ von Margret vorbei, doch noch immer unterstützt sie mich im Notfall und liebt es, meinen Garten zum Start der Saison auf Vordermann zu bringen. Unvergessen ist ihr Einsatz, nachdem wir einen ganzen Winter jedes Wochenende gebaut hatten und am Ende doch nicht fertig geworden sind. Ausgerechnet in dieser Zeit hatte ich mal wieder keine Reinigungskraft. Eine halbe Woche lang hat sie zehn bis zwölf Stunden am Tag geputzt und geschrubbt und ich konnte meine Renovierung abschließen.

Vor Gericht

Dass ich von einem meiner Feriengäste einmal verklagt werde und vor Gericht landen würde – damit hatte ich nicht gerechnet, aber es passierte. Es handelte sich um eine Buchung der kleinen Haushälfte in Tating. Eine alleinstehende Frau hatte die Wohneinheit für zehn Tage gebucht. Noch am Anreisetag rief mich meine Hausbetreuung an und teilte mir mit, dass Frau Schmidt unzufrieden gewesen sei und gleich wieder abgereist wäre.

„Sie hat an allem herumgemäkelt", führte sie aus, „angefangen vom Garten, sie hatte erwartet, dass es wesentlich mehr Blumenbeete und komfortablere Gartenmöbel gäbe. Wenn sie in einem Strandkorb sitzen wollte, würde sie an den Strand gehen und die Liegen hätten ja noch nicht einmal Auflagen." Sie redete sich in Rage und ich merkte, wie auch sie sich über diese Ansprüche und wirren Forderungen ärgerte.

„Aber das war noch nicht alles, im Haus ging es dann weiter. Es sei ja total klein, außerdem nicht sauber, muffig und das Duschbad hätte nicht einmal ein Fenster. Ich hätte sie am liebsten geschüttelt. Es ist alles blitzsauber und muffig ist hier

gar nichts. Dass es im Duschbad kein Fenster gibt, steht ja wohl in Ihren Beschreibungen – genauso, wie viele Quadratmeter die Wohnung hat. Oh, ich ärgere mich so über diese Person. Das Wetter ist herrlich, der Gärtner war da und hat den Rasen gemäht. Alles ist wunderbar, und die macht hier so einen Terror.... So – das musste ich jetzt mal loswerden."
„Kein Problem, Sie müssen ja an der Front durchhalten, machen Sie Ihrem Ärger ruhig Luft! Sie ist also sofort wieder abgereist?"
„Ja, sie war nicht einmal eine halbe Stunde hier. Die ganze Zeit hat sie gemeckert und gezetert. Ich soll Ihnen mitteilen, dass sie den gesamten Betrag zurückhaben will. Sie hätten ja ihre Bankverbindung, sie erwartet den Geldeingang in zwei Tagen, ansonsten übergibt sie den Fall ihrem Anwalt."
Als ob das so einfach wäre!
„Jedenfalls wird sie nicht wiederkommen, die Haushälfte ist sauber und kann sofort wieder bezogen werden. Sie können sie im Internet wieder auf `frei´ setzen."
„Okay, danke und ärgern Sie sich nicht mehr allzu lange - wir haben doch immer mal wieder jemanden dabei, dem es nicht gefällt."
Wir verabschiedeten uns und legten auf.

Ich überwies nichts, eine schriftliche Mängelrüge, außerdem die Gelegenheit nachzubessern musste sie uns geben - so viel wusste ich auch ohne anwaltliche Beratung.
Eine Woche später erhielt ich ein Schreiben von einer Anwaltskanzlei mit einem beeindruckenden Briefkopf. Acht Rechtsexperten - alle namentlich genannt - schrieben mir und forderten den Betrag für die Miete des besagten Zeitraumes zurück. Sie stellten das Domizil als „unzumutbar" dar und erfanden noch ein paar Argumente und Mängel, die mich wohl erst einmal einschüchtern und - wenn ich nicht zahlte - einen Richter beeindrucken sollten.
Ich schrieb zurück und machte ein Angebot lediglich einer teilweisen Rückzahlung der Miete auf Kulanz, da die vorgetragenen Mängel haltlos waren.

Das lehnten sie im Namen ihrer Mandantin ab. Ich dagegen lehnte die Begleichung ihrer Forderung ab und so ging der Fall tatsächlich vor Gericht.

Eine ganze Weile hörte ich nichts, doch dann erhielt ich eine amtliche Zustellung in einem gelb-orangenen Umschlag, der schon ein wenig Respekt einflößend wirkte. Den Inhalt der Klage kannte ich ja bereits aus dem Schreiben der acht wichtigen Anwälte mit dem imposanten Briefpapier. Ich bekam vom Gericht eine Frist von vierzehn Tagen, in denen ich mich zu dem Sachverhalt äußern sollte.
Was ich tat. Ich gab mir sehr große Mühe, sachlich zu bleiben, obwohl ich mich über die übertrieben unsachliche Darstellung der Anwälte ärgerte.
Dann geschah etwas, womit ich nicht gerechnet hatte – der Richter kündigte eine Ortsbegehung an und fragte nach einem Termin, an dem das Haus nicht gebucht sei. Ich freute mich sehr, dass er sich selbst ein Bild machen und nicht „vom grünen Tisch“ aus entscheiden wollte.
Im September gab es eine Buchungslücke und wir vereinbarten Datum und Uhrzeit. Natürlich ließ ich es mir nicht nehmen, den Richter selbst zu treffen und ihm Haus und Garten zu zeigen. Auch wollte ich aus erster Hand erfahren, welchen Eindruck er von dem Domizil hatte.
Wir hatten Glück mit dem Wetter. Die Sonne strahlte vom Himmel – somit hatten wir ähnliche Bedingungen wie am Anreisetag von unserer unzufriedenen Frau Schmidt.

Der Richter war pünktlich. Er kam vom Parkplatz aus in den Garten, der sich über sechzig Meter weit nach hinten erstreckt und rief spontan:
„Oh, ist das schön hier, das ist doch kein ungepflegter Garten!“
Das wertete ich schon mal als guten Anfang.
Er ließ es sich nicht nehmen, einmal durch den gesamten großen Garten zu wandeln, nickte dabei immer wieder und lächelte.

„Wenn ich das hier mit den eingereichten Fotos vergleiche, haben Sie an der Ausstattung der Gartenmöbel und an dem Pflegezustand seit dem Vorfall nichts verändert, oder?"
„Nein, die Saison lief ja bereits. Im Juni haben wir unsere Vorbereitungen für den Sommer abgeschlossen."
Er nickte wieder: „Gut, dann können wir jetzt reingehen – ich folge Ihnen."
Wir gingen zum Haus und er betrat nach mir die kleine Wohneinheit. Interessiert schaute er sich um und untersuchte das Bad und einige Ecken. Offensichtlich wollte er gründlich vorgehen, denn er legte sich sogar kurz aufs Bett, schaute in den Kühlschrank und den Ofen und nahm schließlich auf dem Sofa Platz.
Ich hatte etwas nervös seine Geschäftigkeit beobachtet und konnte noch nicht einordnen, was er dachte. Er verzog keine Miene – bis er anfing, zu sprechen.
„Also, Frau Schreiber, zusammenfassend möchte ich sagen: Die Defekten werden nicht alle!"
So einen saloppen Spruch hatte ich nicht erwartet. Ein Stein fiel mir vom Herzen – ich wusste jetzt, auf wessen Seite er stand.
„Die Ferienwohnung gibt keinen Grund zur Beanstandung. Wir können darüber spekulieren, welches Problem diese Frau hat, aber das bringt uns nicht weiter. Ich bin jetzt schon fünfzehn Jahre Richter und für die Streitigkeiten in Sachen Ferienimmobilien zuständig. In verregneten Sommern haben wir immer besonders viele Fälle.
Da Frau Schmidt jedoch gleich abgereist ist, hat sie nach geltendem Recht einen Anspruch auf Rückzahlung eines Teilbetrages. Ich werde auf dieser Grundlage einen Vergleich empfehlen."
Ich nahm diesen Vergleich an und hatte wieder etwas dazu gelernt.

Es gibt sie doch: Heinzelmännchen

Wie eingangs bereits beschrieben, habe ich in all den Jahren sehr viel Unterstützung erhalten. In diesem letzten Kapitel möchte ich mich nochmals dafür bedanken.

Mehrfach ist es dabei vorgekommen, dass ich so überrascht wurde, als wären die Heinzelmännchen da gewesen.
Einmal hat mein Nachbar aus Tating eine Tanne gefällt und entsorgt. Wir hatten darüber „geschnackt“, dass sie weg sollte. Sie stand zu nah am Haus, außerdem schon recht schief in der Landschaft und nahm viel Licht weg.
Eines späten Freitagabends kam ich mit meinem Gepäck um die Hausecke. Der Mond schien hell und erleuchtete den Garten – die besagte Tanne war verschwunden. Er hatte sogar die Wurzel ausgegraben. Viel Arbeit, die mir erspart wurde.

Ein anderes Mal hatte ein Wintersturm eine große Tanne so sehr beschädigt, dass sie kurzfristig gefällt werden musste, um keinen weiteren Schaden anzurichten. Der Mann meiner Betreuung kümmerte sich um diese Sofortmaßnahme, hatte aber für die Zerlegung und Beseitigung der Äste und Zweige keine Zeit. Diese sollten in den Naturzaun verarbeitet werden, was einige Stunden in Anspruch nahm.
Im Frühjahr kam ich nach Tating, um die Receiver auf digitales Fernsehen umzustellen und zu schauen, was für die Saison alles vorbereitet werden musste. Dazu gehörte auch Aufräumen des Gartens, Beseitigung der Tanne und das Pflanzen von einjährigen Frühlingsblumen.
Als ich von dem Parkplatz aus um das Haus herumging, hatte ich das gleiche Erlebnis wie viele Jahre zuvor: Der Garten war bereits aufgeräumt. Meine Eltern hatten kurz zuvor eine Woche in dem Haus verbracht und mein Vater hatte sich durch den Wust der Tannenäste und –zweige gekämpft, sie zerkleinert und alles in den Naturzaun verarbeitet. Großartig!

In all den Jahren haben meine Eltern mich unterstützt – im großen Maße im Garten, aber auch bei Renovierungs- oder Baumaßnahmen. Regelmäßig sind sie in unseren Feriendomizilen zu Gast, verbringen dort „eigentlich" ihren Urlaub, streichen in dieser Zeit aber die Fensterrahmen, verschönern den Garten, indem sie Unkraut jäten und Blumen pflanzen.
Meine Mutter hat uns bei gemeinsamen Einsätzen bekocht und mit „Küchendienst" den Rücken frei gehalten.

Meine liebe Freundin Margret hat in Kragelund immer wieder den Kampf mit dem Giersch ausgetragen und schon in weiten Teilen gewonnen. Sie hat Vergissmeinnicht gepflanzt und uns mit Nervennahrung in Form von Kuchen und einem speziellen Tiramisu – das wir nur noch „Molto-Kalorie" nennen – versorgt. Unvergesslich ist ihr Putzmarathon, mit dem sie mich am Ende einer viermonatigen Baumaßnahme gerettet hat.

Mein bester Freund hat bereits diverse große und kleine Baumaßnahmen mit mir realisiert, steht im Notfall immer zur Verfügung, um etwas zu reparieren, ein neues Gerät einzubauen oder sogar das Haus mit mir zu reinigen. Wenn ich – um mal richtig Urlaub zu machen – ins Ausland entschwinde, kümmert er sich um die Verwaltung. Jeden Sommer macht er zusammen mit seiner Familie gut zwei Wochen Urlaub in Tating und jedes Mal darf ich mir wünschen, in welcher Form der Garten verschönert werden soll.
Mein Bruder kommt bei jeder Großbaustelle mindestens für einen Tag, um sich ebenfalls einzubringen.

Daneben danke ich den Menschen, die mich eine Weile begleitet und unterstützt haben – auch ihre Einsätze waren wertvoll und sind nicht vergessen.

Schließlich möchte ich mich bei meinen Hausbetreuungen und Gärtnern bedanken, insbesondere bei denen, die aktuell meine Domizile pflegen und für meine Gäste da sind.

Vielen Dank an Euch und an Sie alle!
Stefanie Schreiber

Über die Autorin

Stefanie Schreiber, Jahrgang 1966, ist Diplom-Kauffrau, Wirtschaftsjournalistin und Fachautorin.

Als Inhaberin ihrer Firma servitus Wirtschaftsberatung und Coaching berät sie seit 1994 Firmen und Privatpersonen in betriebswirtschaftlichen Fragen. Dabei hat sich der Schwerpunkt zum Thema Vermögensaufbau mittels Immobilien entwickelt. Sie führt dazu Seminare und Coachings durch.

Des Weiteren ist sie Mitbegründerin eines Systemhauses für IT-Dienstleistungen, dessen Geschäfte sie ebenfalls seit 1994 führt.

Um ihre Altersvorsorge zu sichern, erfüllte sich Stefanie Schreiber im Sommer 1999 mit dem Kauf ihres ersten Doppelhauses einen Traum und legte damit den Grundstein für einen neuen Geschäftszweig. Eineinhalb Jahre sammelte sie intensiv Erfahrungen, indem sie nicht nur die Vermietung und Verwaltung in Eigenregie betrieb, sondern auch die Betreuung des Objektes vor Ort selbst übernahm. Sie entdeckte ihre Leidenschaft für das Innendesign der Räume und legt auch bei

der Renovierung gern selbst Hand an. Durch den intensiven Kontakt zu den Gästen erfuhr sie viel über deren Erwartungen an eine Ferienimmobilie und deren Bedürfnisse während eines Urlaubes in einem Feriendomizil.
Da sie mit der Vermietung der ersten beiden Wohneinheiten innerhalb kürzester Zeit großen wirtschaftlichen Erfolg verzeichnete, investierte sie bereits eineinhalb Jahre später in ein weiteres Doppelhaus. Damit war es nicht mehr möglich, die Objekte selbst zu betreuen und sie delegierte diese Aufgabe an Mitarbeiter vor Ort.
2007 kaufte sie ihr drittes Haus - das kleine Altstadtdomizil – und vermietet dieses ebenfalls erfolgreich an Feriengäste.

2013 kaufte die Expertin – zusammen mit ihrem Geschäftspartner – ihr viertes Haus. Das Mehrfamilienhaus bietet beiden jeweils eine Wohneinheit und Platz für ihre Geschäftsräume. Zusätzlich werden eine Wohn- und eine Gewerbeeinheit vermietet.

Stefanie Schreiber bietet Beratung und Coaching in dem Bereich Vermögensaufbau mittels Immobilien mit dem Ziel der finanziellen Unabhängigkeit im Alter an. Dabei ist die erfolgreiche Vermietung von Ferienimmobilien ein Schwerpunkt. Viele Aspekte sind jedoch für eine selbst genutzte Wohnung oder ein Haus analog anzuwenden.

Gerne kann sie auch Sie von der Auswahl der Immobilie über die Erstellung eines Business-Planes, dessen Vorstellung und Verhandlung mit der Bank, bei der Einrichtung des Hauses bis zur erfolgreichen Vermarktung des Domizils unterstützen.

Weitere Informationen finden Sie unter www.servitus.de.

Quellenverzeichnis

Tatinger Hefte Beiträge zur Ortschronik
Informationen über die Reetkate Martendorf 13 in Tating
Heft 5 * 2001 * Seiten 16 – 18

Dorfchronik von Gulde,
Informationen über das Eulenhaus/die Reetkate Kragelund
zusammengestellt von Johannes Thiesen, Spannbrück, A.D.
2000 * Seite 225

Abgebildete Karten erzeugt mit www.google.de/maps

Fragen Sie sich, ob ein Ferienhaus oder eine Wohnung für Sie die richtige Kapitalanlage wäre? Mein Ratgeber bringt Ihnen Klarheit:

Bereits von der Autorin erschienen

Ohne Eigenkapital mit einer Ferienimmobilie Vermögen aufbauen - wie funktioniert das?

Dieser Wirtschaftsratgeber ist Entscheidungshilfe und Anleitung. Er zeigt Ihnen betriebswirtschaftlich und praktisch fundiert, wie Sie in elf Schritten zum erfolgreichen Vermieter einer Ferienimmobilie werden.

Er klärt für Sie die folgenden Fragen:

1. Was ist bei der Auswahl der Immobilie zu beachten?
2. Mit welchen Aspekten berechnen Sie die Wirtschaftlichkeit?
3. Wie wirken sich welche Formen der Finanzierung steuerlich aus?
4. Welche spezifischen Anforderungen gelten bei der Einrichtung?
5. Wie vermarkten Sie eine Ferienimmobilie erfolgreich?
6. Welche Aufgaben gehören zu der Verwaltung des Domizils?
7. Was leistet die Betreuung vor Ort und wie finden Sie sie?
8. Wer sind Ihre Gäste und was erwarten sie?
9. Was müssen Sie für die Erhaltung und Wertsteigerung tun?
10. Welche Versicherungen sind wichtig?
11. Was können Sie steuerlich geltend machen und wie?

Anhand eines ausführlichen Praxisbeispiels führt die Autorin Sie durch alle Phasen des Projektes. Berechnungen, Checklisten, Formulare und Tipps erhöhen die Anschaulichkeit und erleichtern Ihnen den Einstieg in fachlich neue Bereiche.